JN083120

学び舎に風花は舞う

椎野あすか

SHIINO Asuka

文芸社

※本書に登場する個人、団体は、実在するものと関係はありません。

目次

学び舎

五十歳を迎えた日、自分でも驚く思いが土橋香苗の心に浮かび上がった。

（定年まで、もう十年しかない！）

〝もう～しかない〟と思うか、〝まだ～もある〟と思うかは、その人の時間認識が決める表現である。この時は〝もう～しかない〟と思ったことに、香苗自身が慌てた。この世の中、終わらないものはないのに、若い頃の精神年齢のままで、

〝すべては生徒のためによりよい明日を準備する〟

と考え、一日一日を踏ん張って生きてきて、ふと立ち止まった時、まるで峠から望むようなこれからの道のりが、とても短く思えた。

ともすると永遠に続くかに思われた仕事に費やす時間が、残り十年とはとても短いと思ったのである。

三十代の頃、都心の由緒あるお寺へ、ＰＴＡが主催する地域見学会で行ったことがある。広い境内をお坊さんのお話を聞きながら見学した。経蔵には、内部の中央に八角形の輪蔵

というものがあり、地面に平行に台座の角々から四角い材が突き出ている。それに体重をかけてひと回りすると、経典の全部を読むに等しい功徳があるそうだ。一人で押したのではびくともしない輪蔵であるが、何人かで力を合わせると、きしむ音を伴って一回りすることができた。

この輪蔵のように、学校の一年間も、出会いと別れを繰り返しながら、永遠に回り続けるように思っていた。大学を卒業して以来の長い時間、香苗の生活の中心を占めてきた教職という仕事は、あの日お寺で見た輪蔵のようにも思われる。

香苗の内部にも、心柱のような中心軸があって、そこから延びる角材を、日々、全体重をかけて押して行くことで、学校の春夏秋冬を回転させながら、しかし、少しずつ教育活動の高みを目指して動いてきたと思う。このような日々が、これからも、まだまだ続くものと思っていた。

義務教育課程の中学校は、自分の専門教科を教える仕事に集中するだけでは勤まらない。子どもから大人になっていく過程にある生徒たちを育てる学校である。学級は学習集団であり、生活集団でもあるのだから、その人的・物質的な環境が、大人に脱皮しようとする柔らかい心に少なからず影響を与える。それ故、家庭で、学級で、部活動で、友達関係で、何か問題を抱えると、学習活動に変調をきたすことがある。それを放置したままで、頑張り抜くことができる生徒は、滅多にいるものではなかった。

『ここのところ、何か変だな』

と身近な大人が気付き、共感的に関われれば良いのだが、生徒によっては、

『今の状況を誰にも知られたくない。相談するのは恥！　自分がみじめになる！』

と、ひとりで抱え込む生徒もいれば、

『友達のせいで、先生のせいで、こうなった！』

と、学校に訴え、責め立ててくる親子もいる。

このようなトラブルへの柔軟にして、覚悟を持った対応ができなければ、学級経営や学年経営、ひいては学校経営を前向きに、教育の質の深化を図ることは難しい。近年、香苗は、学級経営や教科経営を離れて、時に苦しくても、〈問題は解決されるためにあると、さまざまなことに応戦〉しながら、共通の高みを目指して、教職員や生徒と共に〈あえて一歩踏み出す挑戦〉をすることに、専心努力する日々であった。辛さの先で、感動を伴う時間に巡り合い、達成感を味わうこともあった。

目の前に広がるこのような日々の光景から、ふっと視野を先に向けたとき、

（定年まで、もうわずか十年しかない！）

と、香苗は思ったのである。

峠から、ここまで来た道を振り返るとき、

（今日こそは辞めたい）

（明日、辞めてもいい）

と思いつつ、新米の教師として悪戦苦闘した学び舎での日々が甦ってきた。

第一話　金木犀の花

　新規採用教員の辞令伝達式は、香苗が大学を卒業した翌月の四月一日に行われた。香苗は配置された河原(かわはら)中学校で、三年生の副担任となり、三年生と二年生の国語の授業を担当することになった。所属学年の三年生は、四月下旬には早速、京都・奈良への修学旅行が予定されていた。この年から香苗が中学生だったときの修学旅行専用列車の「日の出号」から、東海道新幹線を利用する団体輸送に変わっていた。四月という早い時期の実施に対応して、修学旅行の事前学習や指導は、二年生の後半に粗方は終わっていた。他の三年生担当の先生たちは、全員が前年度からの持ち上がりで、そこに大学を卒業したばかりの香苗が新任教諭として入ったのである。階段を一段一段昇っていくのとは異なり、いきなり渦中に放り込まれるようにして、その教員生活は始まった。

　香苗は大学の卒業式前に、初めてのひとり旅で、奈良を歩いてきたばかりだったこともあり、修学旅行はその延長線上のような気持ちがどこかにあった。

　しかし、生徒集団をベテランの先生たちと共に引率するという初体験が終わって、ゴールデンウイークに入ったときは、やっと平常心に返って一息つき、教員としてのスタートを切った四月を反芻する時間を持つことができた。

　社会人の仲間入りをして、教職に就き、ただひたすらであった一か月。何にひたすらであったかと言うと、生徒たちの無数の眼の前に自分を晒しながら、教科を教え、諸活動で生徒指導をするという、教員の本務に対してである。また、生徒たちの前に立つということは、否が応でも、自分は大人の側の人間であることを、きっぱりと認識させられた。

　香苗は、卒業を前にした時、

『人と一緒でなければ何もできないような人間では駄目だ。自分で目的を決めて計画を立て、自分一人でもやり遂げる気迫を持ち、達成感を引き寄せられるようでなければ、社会人としてやっていけないのではないか』

と、自らの心に湧いた不安へ応戦する覚悟で、配属先となる中学校が決まる前に、三泊四日の〈奈良ひとり旅〉を決行したのである。

　時は三月の初旬。万葉人が愛した馬酔木の花が、飛火野（とぶひの）辺りには咲いているのではないか。そんな期待を持って西の京をスタート地点にして歩いた。

　奈良公園を中心とする地域、明日香の里、浄瑠璃寺から岩船寺、室生寺へというのが、四日間の行動計画である。最初の日、尼ケ辻から薬師寺や唐招提寺へ向かって歩くつもりで下車すると、何と雪が舞ってきた。観光客など一人も見当たらない。急に心細くなった。雪はだんだんと本格的に降りだしていた。

（どうしよう。道が分かるだろうか？　でも、薬師寺の東塔を目指して歩けば、行けないことはないだろう。……よし、行こう！）

雪は霏々（ひひ）として舞い、視界を遮ってきた。時々、近鉄の電車がそばを通る音を励みに、雪にかき消されがちな東塔を目指して歩き続けた。三月の雪という予想外の出来事に始まったこの旅で、不安なこころを鎮めるような東大寺法華堂（三月堂）の月光菩薩像、興福寺国宝館の阿修羅像に香苗はすっかり魅了された。

ひとり旅には、一期一会の出会いがあり、しばらく道連れになる人とのご縁もあった。終わってみると、全く一人で行動したのは、一日目だけであり、当初の覚悟と意気込みに鑑みて、その目的が達成できたのかは怪しいが、自分が心惹かれる仏像に出会った奈良という地への思いは深くなり、ふるさとのような懐かしい温もりが心に残った。

この〈奈良ひとり旅〉を終えて帰宅すると、四月に着任することになった河原中学校を管轄する区の教育委員会から、面接を実施する旨の通知が届いていた。この区には、香苗が卒業論文で作品論を書いた坂口安吾が、『堕落論』などの傑作を執筆した家が残っていた。その一軒家は某新聞社の社宅となっていたが、在学中に、つてを頼って安吾が使っていたという部屋を訪ねたことがある。既に誰も使っていない部屋は、畳の上の綿埃が目についた。

安吾に繋がる地の延長線上に、社会人となって最初に勤める学校が決まったことに、見えないけれども何か必然のようなものを香苗は感じていた。それ故、香苗が社会人になる前に持った一抹の不安は、勤務校が決まった時には希望に替わり、四月を迎えることができた。卒業論文がもたらしてくれた大きなおまけのような気がした。香苗の新任校は、多摩川の土手に近いところにあった。

早速、修学旅行で引率する京都・奈良は、未知の土地ではなく、香苗にはふるさとのように懐かしい地であり、知識もあったから、教員となって初めての宿泊行事に躊躇はなかった。しかし、それは、二泊三日間のことであり、学校生活の多くの部分は授業で成り立っている。同じ教室でも、黒板に向かって席に座り、時にはその他大勢に紛れて講義を聴いている学生時代と、黒板を背にして立ち、学級集団を相手に、授業や伝えたいことを話し、よりよい個々の活動を生み出す努力をするのとでは大違いであった。教員になって最初の一か月が終わったとき、香苗が身をもって理解したことがあった。それは、『教育とは牛歩である。根気よく在ることが大前提だ。今はできなくても、いつか伸びる日が来る、その日のために、どの生徒も等しく心と頭を耕しておかなければならない』ということであった。物事は手のひらを返すように鮮やかには変わらないし、人の気持ちを動かすのは、もっと難しいことだった。

ところで、香苗が副担任をするクラスの担任は、いつも静かな話し方をする理科担当の中背やせ型の男の先生だった。歩く姿は背筋をピンと伸ばして、くにゃくにゃしたところがないことから、香苗と同時入校で、他校から転勤してきた養護教諭の馬場先生との間では『ぴこん氏』というあだ名を付けて、二人だけのときの隠語にして使っていた。頭のてっぺんから上の方に、糸で引っ張られているかのように背筋が、ぴこーんと伸びていて、崩れないからこう呼んでいた。もちろん、当人の知るところではない。

この物静かな『ぴこん氏』は、朝の打ち合わせで、校長が発言すると、必ずその後に発言することを〈組合活動の一環〉と心得ているかのようなところがあった。氏は、この学校の教職員組合の分会長でもある。他校を知らない新人の香苗の眼からは、学校には二人の校長がいるかのように見えた。昭和四〇年代の終わりのこの頃は、春闘で電車やバスのストライキが毎年のように行われていた。

　そんな日は、朝の教員打ち合わせでの連絡が終わると、速やかに『ぴこん氏』が自席から立ち上がり、

「組合の先生方は、昼休みに分会を開きますので、集合してください」

と、学年ごとの打ち合わせに移る前にすばやく伝えていた。当時、この学校では教職員団体に加入している先生の方が圧倒的に多かった。同時入校組は、香苗を含めて五名が大学の新卒で、他区からの転勤者は馬場先生だけである。その馬場先生も、組合員であった。新卒は女性三名、男性二名だが、年齢は、浪人や留年をしていない香苗が一番若かった。新卒でも、着任早々男女各一名ずつが、即担任になった。新卒教員の研修制度や組織的な育成の機会は特になく、各自の自主的な研修と修養を通して、仲間と切磋琢磨しながら、一人前の教師になっていかなければならなかった。

　幸い転勤者の馬場先生とまず親しく話せる関係になった香苗は、学校社会のいろいろなことを教えてもらった。教職員組合に加入すべきかどうかについても相談した。

「私の担当は一人職場みたいなものだから、先生方の協力がないとやっていけないの。そ

れに、何か困ったことや問題が起きたときに、力になってもらえるとしたら、組合の存在だと思うわ」

というのが、養護教諭の馬場先生の回答である。心身の不調を訴えてくる生徒と接する馬場先生は、ともすると囁き声で話すが、香苗にはそれが心地よくて、保健室で話しているると学校の喧騒が遠く感じられた。その先生の言葉に、香苗の気持ちも決まった。

私立の附属高校から併設の大学を卒業した香苗は、いわゆる〈70年安保〉の世代である。多くの大学で学生運動は広がりを見せ、機動隊の出動するような闘争もあったが、構内で一番元気がいいとされていた香苗たちの学年でも学生運動で他大学と連携することはなく、自校の古い規律の改善を求める学内運動レベルの活動であった。そのため、政治的な背景をもつ学生運動の免疫は、香苗には全くなかった。公立の学校の教員になるにあたって、この経歴は世間知らずの弱みになるような気がかりもあった。

しかし、教員としての勤務が始まってみると、それは杞憂に終わり、授業や生徒指導について、折あるごとに声をかけ、教え、また、サポートしてくれるベテランの先生たちは、学年を超えて他学年の先生の中にもいた。その皆が教職員組合の一員であった。生徒思いの尊敬できる先生や親しみやすい先生が多かった。組合に入るのは、この学校では自然な選択に思われ新規採用者全員が加入した。時折、春闘に合わせて、二十九分間のストライキを始業時前にするという指示が上層部からくると、『ぴこん氏』の呼びかけで、分会が持たれた。また、放課後には、時々校外での集会があり、順番に何人かずつ動員されることもあった。

メーデーには、分会員の何パーセントかは、一日職免で出かけていた。後年、香苗にも順番が回って来たときは、代々木公園から渋谷方面まで参加者と共に歩いたことがある。しかし、総じて香苗個人は熱心な組合員にはならなかった。とりわけ、翌年からは長くクラス担任をもったので、生徒を学校に残して、活動に参加することをためらう思いもあった。ならば、脱退すればいいじゃあないかと思われるかもしれないが、結局、四十代の初めに管理職試験に合格するまで、教職員団体に香苗の籍はあった。新任で着任したこの学校のように組合活動が成立している学校ばかりではなかった。三回目の異動で都心区にある学校に勤務するようになると、毎月の会費を払うだけの組合員になった。当時の毎月五千円の組合費は、香苗がこうして男女平等の職場で働けるのも多くの先輩方が道を拓き、日々精進されたお陰という殊勝な気持ちから、せめて会費を納入することで、その努力を忘れずにいたいとの思いもあったのである。

さて、この香苗の新任校は各学年六クラスあり、『ぴこん氏』はベテラン教員の部類に入り、先頭の三年一組の担任である。生徒を強く叱るような場面は見たことがないし、クラスの団結力を高める仕掛けなどもしない、いつも淡々とした担任の先生である。ベテランとなると、対応が一筋縄ではいかない生徒を引き受けることもあり、一組は授業によっては担当の教員から授業態度について苦情がくることもあった。が、そのことを取り上げて生徒たちに話すときも、

「授業中に勝手なおしゃべりをして聞かないのは、結局自分が損するだけだぞ」

といった注意で自制心を喚起していた。これで、相手が一年生ならば、効き目は期待できないのだが、受験を控えた三年生には、それなりの効果が数日間は続いた。クラスをリードする力がある男子生徒などからは、態度の悪い生徒に向かって、

「幹夫(みきお)、お前がうるせーんだよ。英語の時間になると席を代わったり、しゃべってたり、三年にもなって、するんじゃねえ」

名ざしされた幹夫の方は、口をとがらせて、

「俺だけじゃあねーだろう。女子だって席を代わっている奴がいるじゃあねーかよ！　俺、

英語、わかーんねえんだよ。山崎の授業は退屈じゃねえ？」

「聞いてないから分からなくなるの。それに、お前がしゃべると、声がでかいから、先生の声は聞こえねえし、迷惑なんだよ、お前は」

　小うるさく、チャラチャラと面倒な男子生徒の幹夫ではあるが、同級生から迷惑と言われたことに、少し傷ついたのか、翌日からの授業は、机の上にせっせといたずら書きをしたり、わざと顔を伏せて寝たふりをしたりして、授業をやり過ごしていると他の生徒から聞いた。担任はそんな幹夫に特別に関わることもなく、やはり、淡々としていた。クラスの生徒から、まともに相手にされなくなると、幹夫は副担任の香苗によくちょっかいをかけてきた。例えば、放課後の時間に教室にいると、香苗の持ち物を、

「土橋先生、これ見せて」

　と言って手に取り、熱心に見るふりをして、突然、

「もーらった！」

　とポケットに入れてしまったことがあった。

「それ、あなたにあげてないわよ。返して！」

「やーだよ。もらっちゃったもんね！」

と、逃げようとする。香苗が追いかけて来るのを期待しているのは、見え見えだった。そんな時、常識派の男子もいるし、何よりも、しっかり者の女子がクラスを下支えしているので、助っ人の生徒が現れて幹夫の方が、痛い目に遭うこともあった。同級生からまともに相手にされていないことは本人も分かっていて、新任の香苗に絡んでくる。本当は寂しい気持ちがどこかにあるのだろうが、相手に迷惑をかけることは、決して相互理解の交流の接点にはならないことが分からない幼さがあった。

香苗の授業はというと、二年生や他の三年生のクラスの授業はだんだんと軌道に乗っていったが、副担任をしている一組については、一学期はかなりやりにくかった。なぜかというと、先ほどの幹夫のような小うるさいタイプだけでなく、国語ができる生徒でも、斜に構えていて香苗が困惑するような態度で授業を無視する。一方、自分だけに注目してほしいとばかりに、勝手な話題を持ち出して、

「先生、どこから通って来ているの?」

などと、授業のさなかに話し掛けるという男子生徒もいた。それを注意している間は、おしゃべりに興じる者も出てきて、真面目な生徒には本当に申し訳なく思い香苗はあの手この手で指導を工夫していた。このような態度の男子生徒たちの目の色が変わっていった

のは、中学三年生という最終学年にして、受験を控えているということもあるが、

「先生の家に遊びに行きたい！」

と誰かが言い出し、行きたいと言ってきた生徒たちの中には、香苗の頭を悩ませていた生徒たちがいると知ったときである。これには香苗も驚いた。授業の邪魔をされて嫌だと思っていた生徒たちへの、香苗自身の眼差しが変わった瞬間である。生徒との程よい距離感は指導上大切なことと教えられていたので、一部の生徒たちを特別扱いすることはできない。しかし、反抗的と思われる言動の裏側には相手への関心や興味があるということに気づき、このよじれた関係を直すことができれば、心は通じ合うものだと知った。このような出来事から、一組の一人ひとりの生徒の顔と名前と個性を理解しながら、香苗の教員生活の歯車はごろりと動き始めたのである。


『ぴこん氏』は、時々、〈自分の子どもと遊ぶ日〉と公言して、有給休暇を取っていた。最初の取得日の月に、その主旨を聞いた香苗は、

（世の中には、そういう休み方もあるのか）と感心したものである。

「先生、お休みされるのは金曜日ですよね。ということは、学級活動の時間があるので、

やっておくことがあったら、言ってください」

と、事前に聞いてみた。教育実習しか経験のない新採教員で、本来ならば学級活動の時間の指導も、時にはやって見せる立場にあるベテラン教員の『ぴこん氏』は、

「任せるから、やりたいようにやっていいよ」

と応えた。その後、香苗自身が担任になってみると、受験のある中学三年生は特に、学年として各クラスの指導の足並みをそろえることが、生徒や保護者の信頼に繋がることを学んだ。が、この学年のときは、香苗以外は前年度から持ち上がりの先生たちばかりで、学年主任も担任のやり方を尊重していた。学級活動の時間の年間計画など『ぴこん氏』の念頭にはなく、この副担任への丸投げ回答は、

『ががーん！』

と言ってもよいような衝撃があった。生徒たちは担任に対する態度と副担任への対応を心得ていて、例えば、『ぴこん氏』の言うことは聞いても、校内での中学校生活歴は自分たちの方が先輩とばかりに、副担任に対しては、時には調子に乗る生徒もいる。成績にも直結しない学級活動の時間の指導で、大学出たての新採教員の言うことなんか、実は、

『ヘッ！』

と思っている生徒もいたことだろう。四十五分間を一人でできる有為な指導案や力量が、この時期の香苗にあるわけがなかった。それなのに、

「やりたいようにやっていいよ」

と言われたからには、やらねばならない。継続性のない一発勝負の一コマであった。購入してあった学級経営の書籍を参考にして、まだ、新学期が始まってそう時間も経っていない時だし、クラスの絆作りのリクリエーションをすることにした。『ぴこん氏』が決して行わないだろうと思う題材でもあった。

受験は個人レースと思われがちであるが、クラスは学習集団であるとともに、生活集団でもある。一斉授業の詰め込み教育と言われていたこの頃でも、教師の一方通行ではなく、授業に双方向性があるクラスは、個人の学習能力も伸びるのだと聞いていた。安心して存在できる人的な環境が、学びの主体性や積極性を発揮するには不可欠なのだ。一組はそんなまとまりが、まだ感じられない状況にあるし、幹夫のようにまともに相手にされていない生徒もいる。そこで、班対抗のゲームやクラス全員で行うフルーツバスケットなど、さまざまなリクリエーションを学級委員の協力も得て企画した。

このリクリエーション大会は、受験生という雲が、常に頭上にある三年生にはよい気分

転換になったようだ。みんなで勝敗を真剣に競う場面や、大笑いをするような機会もあって盛り上がった。香苗としては運営もまあまあで安堵した。しかし、この時間が終わって職員室に戻ると、同学年の他のクラスや、すぐ上の階の他学年のクラス担任の先生たちから、

「土橋先生、楽しかったですか、今の時間。あのキャーやワアーはいったい何事だったのかしら?」

と、ソフトながらもご注意や皮肉を言われることになった。逆の立場なら香苗も同じように迷惑と感じたと思うことなのに、事前には気が回らず、十分な配慮もせずにプログラムを実施したことを素直に謝り、ひとつ学んだ。

翌日、クラスでのリクリエーションと、その波紋について『ぴこん氏』に報告すると、

「でも、生徒たちは、楽しかったって、喜んでいたよ」

の一言で終わった。このような調子で『ぴこん氏』から香苗は、自分なりにやってみる時間を時々提供してもらった。初めは慌てたが、指示されたことをやるのではなく、任されるという経験は、学校教育における当事者意識を育てることができた。

しかし、新卒で副担任の一年間は、半人前の仕事量にも至らなかったと思うし、生徒一

人ひとりの人生を背負っているような責任の重さは、担任になってから実感したことである。担任は二十四時間いつでも担任であった。夜や休みの日でも自宅に保護者から相談の電話がくるそうだ。今では、個人情報の保護もあって、在籍生徒と教職員の住所録や連絡先の一覧を紙ベースで配付することはないが、香苗が教職に就いた頃は、その点がかなりオープンであった。

香苗の初年度には、三年生と二年生の授業づくりに主軸を置くことができた。それは担当が副担任のお陰でもある。初指導となる教材の、事前研究や用意を、発達段階に即して構築することに専念できて、ありがたかった。その後の学級経営と授業経営の両輪をバランスよく動かす基礎づくりになったからである。翌年度からはクラス担任をすることを希望し続け、教職の重責を担う身となった。

四年制大学を卒業しても、一般企業では二十五歳頃までに寿退社するのが当たり前の時代であった。冬休みに行った大学の友達とのスキー旅行のロッジの夜も、付き合っている人の話や間もなく結婚する友達の話などで話題は尽きなかった。香苗はというと、聞き役。気持ちは、結婚よりも始まったばかりの教員生活の方に軸足が向いていた。ウーマンリブの活動が起こった時代ではあったが、キャリア志向などという言葉は、まだ、聞いたことはなかった。

しかし、大学時代から〈経済的な自立なくして女性の自立はない〉と、所属していた短歌クラブの仲間の倉橋さんとはよく話してきた。就職してからも、大学時代の友達との繋がりは続き、一緒に旅行することで教職から少しの間離れて、深呼吸することができた。その時間が終わる度に、気分を一新して、次の学期の学校生活に向けて、教材研究等の準備に時間を費やすことにも、新鮮な気持ちで取り組むことができた。

香苗の初年度末をもって『ぴこん氏』は他区へ転勤になり、その後任として、香苗と同時期に新規採用された理科担当の大岡先生が、前任校の過員解消で、香苗の中学校に異動してきた。新年度から一学年のクラスを共に初担任することが決まっていた。そして、お互いに手探りのような中でも、二年生、三年生と共に同じ学年を持ち上がることになる。もし、彼女がいなければ、多様な生徒が混在する学年を、三年間継続して担当するという貴重だがしんどい経験は、到底できなかっただろうと香苗は思っていた。放課後や帰り道に、二人で一日の出来事を共有し、時にぼやき、悔い、次の一手を考え、共感することで教員であることに踏み止まり、前進していく力にできた。お互いに、教職という一筋の道を一生の仕事として歩き続けることになる、その原点は、むしろこれから始まる日々にあった。

一年五組の担任となった新年度の四月二十八日（土）の夜、香苗はひとりでずっと泣いた。その日に限って特別に苦しいことや、嫌なこと、悲しいことが学校であったわけではないけれど、どうしてもその夜は泣きたかった。バスタオルを顔に押し当てて泣くことで、心が浄化されるような、感受性が強い時期だった。

四月の始業式から学校の一年間が始まり、入学式からは、初担任として新学期を必死で送る日々が続いていたので、胸にはいろいろな体験から生まれる汗や涙が満ちているようであった。

香苗は新入生の担任として、生徒たちに全身全霊を傾けて〈格闘〉してきた。

（私のこれからの一年間、二十三歳の一年間も、昨年と同じように学校を軸にして動き、それに終始しながら過ぎていくのであろうか）

新年度の慌ただしさから少し距離をおくことができて、その心の中には、この問いかけが行きつ、戻りつしていた。新入生を持って振り返ると、昨年度の三年生はそれなりに大人であったと思う。何の色も付いていない小学生に近い一年生の初々しさというのも新鮮ではあるが、自ら気づいてよりよい方向に自分たちで舵をきるということがない分、一から教えなくてはならない。それは、手垢のついていない新入生の魂と、教師の卵の魂とのぶつかり合いでもある。教職二年目は、三年生の副担任とは全く違う日々となっていた。

季節は草木の青葉若葉のいのちが輝く五月。連休中には、歴史小説の大御所の住み込み秘書に就いた短歌仲間の倉橋さんと、その小説家のお宅で久しぶりに会った。栗の木の大木がお屋敷を覆っている日本家屋で、いかにも文筆家のお宅という佇まいであった。秋の朝には、栗の実が、ザーッと音を立てて落ちてくるそうだ。彼女の部屋で、お互いの近況などを話した。

香苗は自分ひとりが苦労していると思っていたが、彼女も十二分に息詰まるような人間関係の中で、頑張っていることを知った。職場を離れることが滅多にない住み込みという、精神的には香苗以上に厳しい環境に身を置き、小説家とその夫人のもとで、秘書として心を研ぎ澄ますようにしながら日々を積み重ねていた。印象的なエピソードもあった。彼女が翌朝「出勤」すると、畳の上に使用済みの鉛筆がずらっと並んでいた。それは、昨晩中に削っておくという仕事をうっかり忘れた彼女を責めるように、鉛筆の先の方が、部屋に入るとすぐ見える向きに並べられていたそうだ。おそらく夫人が昨晩のうちに気付き、並べたのだろう。注意の言葉は一言もなかったという。それを見た時、彼女は、自分の失念を責められていることに鳥肌が立ち、身がすくんだ。すぐに何本もの鉛筆を削ったのは言うまでもないが、改めて小説家の秘書という仕事に、身が引き締まる出来事になったそうだ。こんな話を聞いた香苗は、

（私も、もう少し頑張ってみよう。初担任の今年度が、大変なのは当たり前なのだから）

という心持ちになっていた。

六月になり新入生も学校の一日の循環に慣れた頃のある日。五校時の国語の時間に香苗の一年五組へ行くと、給食の配膳台が所定の場所に戻っていないばかりか、ジャムの袋やこぼれ落ちた食べ物が教卓の横の辺りに散らかっていた。国語の時間は、毎回8点以上が合格になる「十題漢字テスト」を行っているので、準備してきた生徒は最後の見直しを、準備不足の生徒は一夜漬けならぬ、一瞬漬けに余念がない。しかし、この状況では授業開始どころではなかった。給食当番の二班に、これはどうしたことかと聞くと、

「大山君は当番なのに後片付けもしないで、今日も遊びに行きました。それは、大山君の分担です」

と、いつもなら人の分まで黙々と仕事をやる働き者の伊東朝子（いとうともこ）が応えた。大山の小集団

活動でのサボりは、今日に始まったことではないので、班長の伊東がいつも注意をしたり、その分を自分が補ったりしてきたが、堪忍袋の緒が切れたというふうに、頬を紅潮させながら訴えた。香苗が、

「大山君、班長の言っていることに間違いがないなら、あなたが片付けなさい」

と促す。横座りをして、後ろの席の女子に試験範囲の漢字を見せてもらっていた大山孝は、多動にして注意散漫、しかも多弁。授業中は何かと周囲の生徒たちにちょっかいをかけ、たびたび授業をかき乱しては、説教されてきていた。

「大山くん！　今すぐに片付けなさい！　授業が始められません！」

香苗が再度促すと、ふてくされた顔はしていても「俺だけじゃあない」という注意されたときの口癖は言わずに出てきたのはいいが、前に来るなり配膳台の車輪の部分を上履きで蹴って動かした。

「それはないでしょう！」

香苗は自分が蹴られたような、ざらっとした気持ちになった。

「いいじゃん！　片付けてるんだから！　……片付けりゃあ、文句ないじゃん……」

と言いつつ、さらに定位置の方向に向けて蹴った。多くの生徒は、漢字テストの準備で

下を向いて練習に余念がなく、大山には眼もくれない中、男子学級委員の原は、その様子を眼で追いながら、腹立たしそうな表情であった。クラスで今起きていることから眼を逸らさずにいるその姿勢には、学級委員としての意識が感じられた。そして、

「大山、そのふてくされた態度は何だよ！」

原がたしなめた。と、同時に香苗はというと、大山の左腕を摑んで、自分の方に力ずくで振り向かせ、

「手で片付けなさい。当たり前でしょう！　もう一度蹴ったら、許さないから！」

と言いながら、大山の眼を見た。大山の表情が変わり、小さく、

「すいません……」

と言った。こんな実力行使は、香苗も初めてだし、大山もさぞ驚いたのだろう。シュンとして、配膳台を手で押していき、掃除道具箱から箒と塵取りを持ってきて散らかったままの物をぎこちなく片付けた。

その後、遅れて始業のあいさつをして、予定通り漢字テストから授業を始めた。教室は大山のこともあってか、いつもよりも緊張感が漂っていた。叱ることから始めた授業は、日頃とは違う生徒が活躍して、香苗の気持ちを盛り立て、支えられているような気持ちに

なることがある。日頃は挙手ひとつでも他の生徒の眼を気にするおとなしめの生徒が、まるで深呼吸ができたかのように、発言する姿が見られる時もあった。日頃は、積極的な生徒や、目立つ口数の多い男子からああだ、こうだと余計なことを言われないかなどと、気にしているのだろう。ところが、生徒の空気が重たく感じられるときに、案外，芯は強いのか、普段はおとなしいこんなタイプの生徒が授業の進行に貢献してくれることもある。よくも悪くも目立つ生徒だけでなく、すべての生徒に眼差しを注がなければならないと改めて思うのも、生徒を叱った後が多かった。

五校時が終わっても、香苗の波立った心は一向に収まらなかった。大山の腕を摑んで、強引に振り向かせたのは、感情的な行為だと思った。でも、どうしたら気持ちよく片付けさせることができたのか、それも分からなかった。とても悲観的な気持ちに支配され、大山孝という生徒は、自分の手には到底負えないような気分に覆われた。六校時に授業がなかったのを幸いにして、具体的なことは何もまとまっていなかったのだが、学校を出て大山の家に向かった。

（お母さんに今の出来事を話そう。そして、大山の今後の指導の仕方を相談しよう）

と思っていたが、途中で、今日が火曜日であることから、留守かもしれないと気付いた。

家庭訪問の順番を組んだ時に「火曜日は母親がいない」と言った大山の言葉を思い出し、（もしかすると留守かもしれない）と思ったが、じっとしていられなくて、収まらない気持ちにかきたてられるように行ってみた。が、家はやはり留守であった。

帰りの学級の時間に、教室に行くと大山はいつもと少しも変わらずに、ガチャガチャと多動多弁であった。放課後は、今日返却した漢字テストが不合格であった生徒たちを残し、合格するまで再テストを行った。今日も、なかなか漢字が覚えられない大山は、最後に香苗と一対一になってしまった。

「……五時間目のこと、どう思っている？　腕を摑んだりして、ごめんね」

と、さりげなく聞いてみた。すると、大山は、意外にもすすり泣き始め、家がつまらないこと、学校が楽しいことなどを話しだした。

「そうなの。でも、あなただけが楽しくて、他の人に負担をかけては駄目でしょう。協力することもできるようにならなくてはね」

机に半ば崩れかかりながら、一回り小さくなったような格好で話を聞いている大山は、今までに見たことのない初めての姿だった。この生徒も認めてやらなければならない香苗のクラスの大事な生徒なのだと改めて思う。やることが他の生徒の邪魔や女子いじめなのでつい叱ってばかりいたが。

「……お母さんに今日のことをお話しして、相談しようと思ったの。今夜はお家でも学校生活について話し合ってもらいたいから、さっきね、あなたの家に行ったのよ。でも、火曜日だったから、残念ながら、前にあなたが言った通り、お留守でした！」

「え？　先生、家まで行ったの？」

「そう。なんか気持ちが落ち着かなくて……。でも、あなたに今、話したからもう行かないつもりよ。あなたの気持ちはどう？　……今日のことがあったから、一年五組は誰とでも協力するクラスになったって言えるといいね……」

教育は農業ではなくて、林業だと聞いたことがある。今、蒔いた種がその年のうちに花を咲かせ実をつけるとは限らず、一年後、二年後、いや卒業してから、やっと芽吹くこともあるのだと。思春期真っただ中で、伸び盛りの中学生を相手に生活していると、そう思うときがある。実際、ベテランの教員からも聞いていた。「夏休み明けに眼を見張るほどの成長を見せる生徒がいる。中一の夏休みの後でも、体が〈縦〉に成長し、男子は声が変わり、集中力が出てくる生徒もいる」と。指導する機会に事欠かない五組であったが、やがてやって来る長期休業中に〈成長株〉が自ら育つかもしれない。その成長を切望する香苗であった。大山の給食当番のサボりに端を発した指導に止まらず、学級経営の試行錯誤を続けながら、初担任の一学期もあっという間に過ぎていった。

夏休みになると、部活動の強化練習を一日も休まずに頑張っているという暑中見舞いの葉書を送ってくれた生徒がいた。また、出勤した日には、プール教室にたくさん参加して、真っ黒に日焼けした生徒たちにも会っていた。夏休み後、五組でも、成長株の出現があるかもしれないということは、次第に期待となって、香苗は二学期を楽しみにするようになった。

二学期の始業式は、四十日余りの休み中の埃を大掃除した後に、学級活動の時間が設定されていた。ところが、この大掃除の時間に、早速、ひと悶着が起きていたのである。掃除が早く終わった者は教室に戻って来ていた。その中の一部の男子が、女子の通知表をカバンから勝手に取り出して見たり、大声で読み上げたりしていると、女子数名が息を切らして言いつけに来た。香苗には、予見できなかった出来事である。他の人のカバンを勝手に開けて、生徒の誰もが一番気にかけている通知表に手を延ばすなんて。一方、訴えを聞いた数瞬の間、始業式前に回収しておけば良かったと後悔の念も起きたが、後の祭りである。『なーんだ。これでは、一学期と同じじゃないか！』と、五組の生徒がとりわけ幼稚なのか、成長株出現を期待する幻想の甘さを感じつつ、学級活動に必要な物を抱えて教室に急いだ。学級活動の時間の最後のところで、

「ひとつ、みんなに聴きたいことがあるんだけど」

と、香苗は口火を切った。

「先ほど、回収した通知表を、本人に無断で見たという人がいるそうですね。見ただけではなく、大きな声で読み上げたとも聞いています。そういうことをするのは誰ですか？やった人は立ちなさい。その人たちの通知表は、私が読み上げます」

一瞬、教室中がシーンとなった。……が、四名の男子が起立し、やや遅れてもう一名が立った。遅れて立った荒井が横を向いて、

「田川、おまえもだろ。立てよ」

と言ったが、田川は立とうとはしなかった。香苗は自分の問い掛けは失敗だった、とこで気付いたが、これも後の祭り。五名の起立は意外であり、ちょっと感動的でもあった。田川のように指摘されても立たない、〈しらばっくれる〉生徒ばかりであったとしても、この出来事が起きたときを見ていないのだから、訴えを受けて、香苗が指導するしかない。

〈そうだった……。うちのクラスに悪童はいても、何か問題が起きたときに、〈仕掛人〉

が不明のままということは、一学期にはなかった。香苗が「誰だ！」というと、必ず名乗り出てきて、その都度指導してきた。悪いなりにも、陰険さがないところはいい点だと、一学期から思っていたのに、やった生徒の通知表を、担任が自ら読み上げるなどという〈脅し〉を掛けてしまった。申し出る生徒がいることを予見するよりも、自分がされて嫌なことをしては駄目、今度はあなたがされる側になってごらんなさい。というところに軸足を置いた発言をしていたのだ。自らの判断で自己申告をさせて、それからどう反省するか考えさせてもよかったのに、担任自ら、それは駄目だと言いつつ、担任も生徒と同じことをやってしまう状況になる……。どう収めようか？）

と、内心は穏やかではなかった。

香苗は学級活動の時間の初めに集めた通知表の中から、五名のものを抜き出した。それを手に持って、クラスのみんなに尋ねた。

「今、私は五人の通知表を持っています。通知表に限らず、人のものを本人の許可なく勝手に触るとか、開けて見ることは、許されない行為だと、一学期も散々言ってきました。そうでしたね。とりわけ通知表は、学校と本人とご家庭だけのものです。それを見たり、読み上げたりするのは、もってのほかのこと……けれども、私に〈誰か〉と聞かれて、自発的に立ち上がった該当者は、それだけで、半分はいけなかったと反省できていると私は考えます。なぜなら、立ったら自分の通知表を読み上げられると分かっているのに、自分がしたことを隠さなかった、ごまかさなかったからです」

ここで、荒井はチラッと着席している田川を見たが、それは告発する視線ではなく、不正直を通した田川を一瞥するだけのものだった。田川は硬い表情で香苗を見つめていた。

「そこで、五人以外のクラスの人たちに聴きます。今、五人の通知表を、先生が言ったとおり、読み上げた方がよいと思う生徒は手を挙げなさい。……では、したことは悪いことだけど、素直に認めて起立したのだから、今回は謝るということで、許してあげてもいいのではないか、と思う生徒は手を挙げなさい」

前者に挙手した生徒は二名だけで、多くの生徒がサッと後者に挙手していた。

「福岡さん、あなたの通知表は勝手に見られ、そこに居合わせた人たちに一部は知られてしまったのに、許してあげてもいいのですか?」

と、〈被害者〉の一人に聴いてみた。日頃、不真面目なことに厳しく、学級委員でもある福岡は、こくりと頷き、

「でも……もう二度とこんな悪ふざけはしないと約束してほしいです」

と、きっぱりと言った。

「他の人たちで、言いたいことがある人はいますか？」

特に、前者に挙手した二名の生徒の眼を見たら、軽く首を横に振って合図があった。五人はひとりずつ自分がしたことを話し、当事者とクラス全員に詫びるとともに、福岡が求めた〈もう二度としない約束の言葉〉も言い添えた。

香苗は、これでいいとそのときには思ったのだが、学校を退勤する頃には、自分の対処が甘かったのではないかという後悔の思いが次第に大きくなってきていた。五名は、明るいのはいいのだが、一学期にも何かとやんちゃをしてきている。夏休み明けの初日から、他に迷惑をかける行為をしたのだから、ここはギューッと引き締めを図るチャンスだったのではないか。しかし、この中で、成績が良いのは議長団にも選ばれている二名だけで、あとの三名は、態度は大きくても、成績は低空飛行であった。滝口が起立しながら、近くの生徒に、

「俺、『4』はひとつしかないんだ……」

というのが聞こえていた。自分が言い放ったとはいえ、発表することに苦痛を感じずにはおれない香苗だった。立たなかった田川には、「4」の評定などはひとつもなかった。「読

み上げる」と香苗が脅さなければ、田川も正直になれたかもしれない。そして、やはり、発表すべきだったのだろうかとも逡巡する。

社会科のベテラン教師は、点数は人間の顔のようなものだからという自説から、得点を発表しながら定期考査の答案返却をしていた。それを知って、

（教師の勝手な理屈であり、生徒は気の毒だ）

と、内心で思っていたのに……自分も同じようなことを、罰としてしようとしたではないか！　通知表を見られた女子生徒たちは、いずれも成績は上位で、注目されていたのだろう。彼女らが謝罪を受け入れたことで、その場を救われたのは、悪童五名と担任の香苗だった。けれども、香苗には今後も考えねばならない〈教育的指導の範囲〉という課題が残った。

行事の二学期。最初の六クラス対抗での学年水泳大会は、個人で一位や二位に入る生徒だけでなく、女子のリレーが一位になり、五組は総合成績で準優勝することができた。優勝クラスとの得点差はわずかに2点で、

（勝たせたかった！）

と、残念ではあったが、日頃は、叱られることの多い生徒ほど活躍していたことが嬉し

かった。体を動かす活動が大好きで、こういうときの表情は引き締まり、参加態度や男女の応援の雰囲気も、一致団結して頑張っていた。要は座学には向かない生徒が多いクラスということなのか？　などと計時係をしながら、香苗は自分のクラスの様子を観察していた。

学校生活は80％以上の時間が授業である。学力を培うことが、第一なのだが、学習する人的な環境が、生徒たちの学習意欲に与える影響は大きい。学級は生活集団であると同時に、学習集団でもある。自分の教科の授業だけからは知り得ないことが、クラブ、行事の取り組みを通して知ることができた。一人ひとりの生徒に、授業以外でも何らかの出番があり、認められる機会があることが、生徒を成長させ、また、クラスの建設的な雰囲気を創るのだと香苗は改めて思った。

一年生の六クラスの生徒たちがプールサイドに集まり、ゴールを目指して力泳する自分たちのクラスの生徒を必死に応援している。２００メートル平泳ぎを何とか完泳して、自席に戻ってきた生徒には、泳ぎ切ったことを称えて、

「ドンマイ！」

の声が掛けられ、ねぎらいの拍手が起こった。

（五組も捨てたものではないな。今日の帰りの会では、勝敗を超えたところでも褒めてあげられそう……）

と、香苗の気持ちは弾んだ。

秋分の日が日曜日になるので、二十四日（月）は振替休日の年だった。土曜日まで平常の授業があったし、夏休みの宿題点検で夜遅くまで忙しく、疲れもたまっていたが、十一月に大学時代から続く親しい友人の一人が結婚するので、彼女の独身最後の小旅行を計画していた。都合のつく三人が、土曜日の勤務を終えて15時30分発の東海道新幹線に乗り京都を目指した。日曜日一日と月曜日の午前を有効に使って、高雄や栂尾（とがのお）、東山周辺を歩く予定である。通常一週間くらいは滞在するスキー旅行に比べると、いかにも短いが、香苗たちは旅行慣れしているので、短いなりに目いっぱい行動するつもりであった。

週末の土曜日は大雨が降り、出発時間が近づいても止むことはなかった。そんな中、香苗がまさかと目を疑うことがあった。一年六組の二人の男子生徒が東京駅まで見送りに来ていたのである。

「あなたたち、やることもやりたいこともたくさんあるでしょうに、よくこの雨の中を来たわね！」

　香苗は少々呆れ気味に言った。この二人は六組の国語係をしてくれていて、授業前には、職員室に迎えに来たり、授業後には、回収物を運んでくれたりと、他のクラスの国語係よりも熱心で、日頃から接点の多い生徒たちである。教室と職員室との行き来の間に、旅行のことを話したのを覚えていたのだろう。

「先生、何時の新幹線で行くの？」

と、聞かれた気はするのだが、遊びたい盛りの中学生のこと、それが見送りに繋がるとは香苗は全く想像すらしていなかった。物好きと言おうか、いじらしいと言おうか、出発前のホームに二人は来ていた。香苗の友達は中学生が珍しくて、

「新幹線に乗ったこと、ある？」

とか、

「土橋先生は、厳しい？　あら、君たちの担任の先生じゃあないの？」

「それなのに、見送りに来たの？　優しいのね。国語係はどう？」

など、二人を質問攻めにして楽しんでいた。彼らは、チョコレートを三枚、差し入れ用に包んで持って来ていた。少ない小遣いの中から、先生の個人的な旅行の〈おやつ〉を買

って見送りに来るなんて……、中学生の行動力に驚くとともに香苗は、少ししみじみとした気持ちになった。

「見送りと差し入れをどうもありがとう。東京駅に六組の国語係が現れるなんて、思ってもいなかったから、最初はびっくりしたわ。でも、今は嬉しい。あなたたちも大雨がまだ降っているのだから、十分に気を付けて帰宅するのよ。どうも、ありがとう！　また、来週、学校でね！」

「先生たちも気をつけて。行って来ます！　行ってらっしゃーい！」

発車すると、二人の姿は、あっという間に見えなくなった。私服を着ると、まだ小学生と言っても通じるような生徒たちである。新幹線の車窓を打つ雨粒が、真横に流れていくのを見ながら、香苗は個人的なことについて、生徒に話すのは極力控えなければならないと思っていた。指導には距離感が大切なことは、前年度の三年生担当の時に既に学んでいたことである。香苗が望んだことではないけれど、二人には、余計な時間とお金を使わせたことが、心苦しかった。

想定外の出来事で始まった京都旅行であったが、栂尾の木立の下には、早くも鮮紅色の曼珠沙華の花が咲いていて、季節はゆっくり秋へと移ろっていることを伝えていた。

十月になると中旬には中間考査がある。定期考査の前一週間からは、クラブ活動など、放課後の活動が原則停止で、他の居残りもなし。一学期には、これ幸いとばかりに、日頃、それぞれのクラブ活動で、一緒には帰られない生徒たちが、一斉下校したものの、多摩川の土手にまっしぐら。

「一年生が寄り道して野球に興じている！」

という上級生からの通報があり、生活指導部の教員たちが帰宅を促すために〈出動〉したこともあった。しかし、定期考査も三回目となる今回は、試験前の勉強はしっかりとしてほしいと願う香苗であった。が、下旬に実施する秋の遠足では飯盒炊さんもあるので、伏線的に準備をしておかないと五組は心配でもある。

テスト前に、遠足の話でウハウハと浮足立たせるのは、如何なものかと思ったが土曜日の三校時の地理の時間が自習になると聞いていたので、学級の時間に貰い、飯盒炊さんのための班づくりにあてることにした。現在、クラスは男女混合の六班編成で当番活動などを行っているが、飯盒炊さんのかまどは、クラスに五つしかないので、一班八人の五班を新たに編成しなくてはならない。前日まで、男女混合か男女別かで迷ったが、男女の得手、不得手や、誰とでも協力して一つのことを成し遂げる経験をするという観点からも、男女混合班で編成しようと香苗は考えていた。班づくりというと、必ず出るのが〈好きな者同士〉がいいという声である。しかし、香苗のクラスには、これまでの経緯から〈犬猿の仲〉になっている者同士が複数いた。九月で学校の一年間も半分終わり、折り返したのだがこの生徒たちの、他者を容易には受け入れず、もめごとの多い生活態度に、担任としては大いに悩むことが続いていた。孤立しがちな生徒も受け入れて、リーダーの下、班全員が役割を果たし〈同じ釜の飯〉が食べられるように、現在の班を基本に、遠足用の五班を香苗自らが作ってみた。この案をクラスに提示したものかどうか、迷うところもあった。例えば、五名の班長を先に選出して、班長会で班員を決めるという生徒主体での編成方法もある。土曜日の話し合いで混乱した場合も考慮して、一応〈五班編成の担任案〉を作成して印刷した。

けれども、授業のなかった二校時は、なぜか気持ちがざわめき、事が起きるときの前ぶれのような胸騒ぎに、落ち着かなかった。やがて、チャイムが鳴り、三校時が空き時間の大岡先生に、

「じゃあ、行ってくるね！」

香苗は足に力を入れて立ち上がった。

「頑張って。好きな者同士がいいって五組の生徒たちも言うだろうけど、それでは、必ず仲間はずれになる生徒が出て、クラスが割れるだけなのよ。生徒たちは八人の五班編成という縛りがあると、全員が均等の人数で、好きな人と一緒の班になれるとは限らないことに、その立場に自分が立つまで気づかないいんだから。遠足の目的からもう一度認識させることが大事ね。大変だけど！」

と、これまで二人の間で話題にしてきたことを、改めて大岡先生に確認された香苗は、その言葉を背に職員室を出た。二階から三階への踊り場まで上がると、その窓から校庭を見ている女子生徒が一人いた。

「あら、野本(のもと)さんじゃあないの。もうチャイムは鳴ったわよ。早く教室に入りなさい。……どうしたの？……泣いているの？」

香苗に声を掛けられると、急にしゃくり上げ始めた。

「男子の一部の人たちが、『お前と一緒の班になったら最悪』とか『遠足は休んでいいよ』とか言うので、泣きだしても、まだ、しつこく嫌なことを言うから、教室を出てきました」

と話し、ますます泣き始めた。ここで、担任の先生に訴えようと、香苗が来るのを待っていたのだろう。女子生徒の中では、一番心配している生徒であった。

運動会のときも、フォークダンスで、男女が手を繋ぐ場面では、相手に拒まれて繋がせるのに苦労した。今度は遠足で班ごとに昼食を作るのだから、彼女が問題にされないはずがないと思い、野本に限らず、

「人の嫌がることは言わない、しない、していたら注意しよう」

と、何回もクラス会議がもたれていた。だが、そういう自分たちで決めた約束事を、自分の感情のままに踏み倒してしまう自覚の足りない一部の男子生徒のために、他の真面目な生徒たちは、クラス決議の無意味さを感じ始め、もはやクラスの問題解決のための議題にも上らなくなっていた。香苗は、前の時間の胸騒ぎはこの予感であったような気がしてきた。しかし、遠足を成功させるためには、避けては通れないことだから、これをチャンスにしようと思った。

「野本さん、あなたは図書室の前にあるソファに座って待っていてくれる？　先生は教室に行ってすぐ戻ってくるから。もう泣かなくても大丈夫だからね！」

急いでクラスに行ってみると、学級委員の原と福岡に加えて、議長団も前に出て学級会が始まっていた。原だけを廊下に呼んだ。

「野本さんが、泣いているんだけど」

と言いかけると、遮るように、

「……僕じゃあないです。山本や石崎が何か言ったみたいだけど」

「原くんが何かしたと思って呼んだんじゃあないわよ。知っていることがあるかと思ったから。私は少し彼女と話すから、これを配って遠足の班について、話し合っておいて」

「えっ？　先生！　もう印刷しちゃったの？」

男女別、好きな者同士の班で遠足に行きたい派の原は、こう驚いたが、詳しくは話さず、印刷物を渡し、香苗は引き返した。

四階の図書室の脇にあるソファに野本と並んで座った。戻った時はそうでもなかったのに、香苗が寄り添うと泣き方の激しさが再び増した。一学期の頃は男子に嫌なことを言われると、本人も、

「やめてくれない！　そんなこと言うのはやめようと、みんなで話し合って決めたのに」

と、勝気に対応していたし、伊東など正義感の強い女子が庇って下火になることもあった。その結果、教室でも〈深呼吸ができる〉ようになると、今度は野本本人がはしゃいで、ひんしゅくを買うということもあった。すると、また、悪童たちのからかいの対象になるという悪循環に陥っていた。それでも教室を移動する時など、

「野本さん、一緒に行こう」

と女子が誘う。すると、

「私のことは、ほっといて！」

などと突き放す言い方を時々しては、優しい心根の女子を味方につけ損ねてきた。しかし、このとき泣きじゃくる野本に聴いた話から、香苗は女子の優しさが素直に受け入れられないほど、この子は傷つき友達関係は不幸なのだと思った。小学校の時から、いじめられてきたと言う。香苗は彼女の手を取った。家に帰ると母親が帰ってくるまで、小さい弟や妹の面倒は彼女が見ていて、忙しい母親には頼りになる長女ではあっても、女子中学生としての学校生活に目配りする余裕など、母親にはないのだろう。子どもの残酷さで、感じたことをすぐに口にして、言っていいことと悪いことのけじめがつかない未熟な生徒の言葉は、時に辛辣（しんらつ）だった。それを注意されると、一部の男子は、

「だって、本当のことだもの。言われるようなことをしている野本の方が悪いんだ！」

と言い募る。

「あなたが本当だと思ったら、何でも言ってもいいということはないのよ。言われたり、されたりしたら本人が辛いと感じることを、わざわざ行動に移すのは、いじめです」

そんな注意を繰り返したこともあり、運動会後は目立った出来事は起きていなかった。妹たちの母親代わりをしていることは、本人に自信を与えているところもあり、これまで気丈に振る舞っていた野本である。他の女子とは違って、何度悪口を言われても、それでたとえ涙が出てきても、自分から香苗に訴えに来たことはなかった。香苗から声を掛けると、嬉しそうに、

「先生、私は平気です。嫌なことを言う人たちばかりじゃあないし……」

と応えていたが、今日はもう我慢も限界になったのだろう。

「どうしたらいいいんだろうね……」

彼女の手をぎゅっと握り直しながら、心は無力感からこう呟いていた。

(私にこの子を救ってやることができるのだろうか?)

彼女の手を両手で包み込みながら、香苗は自問自答するしかなかった。以前、野本と距離を置くある女子が、

「先生、野本さんは女子と仲良くしようとしないんです。だから、男子に悪口を言われていても、助けてあげようと思わなくなってきちゃうの。先生からこのことを注意してください」

と言ってきた。小学校の時から、疎んじられてきて、友達づくりに遠慮があるのだろうか。でも、今、私にはそんなことは言えないと香苗は改めて思った。これほどまでに傷ついている生徒に向かって、野本自身から態度を改めるようにと言うことなどはできない。例え野本に他の生徒とは違うところがあったとしても、それをからかったり、そのために仲間外れにしたりすることに、正当性は、全くないのだから。

「ねっ、野本さん。今から私と教室に戻りましょう。物事は手のひらを返すようには変わらないけれど今よりも少しずつでも、良くなるようにしていきましょうね？」

まだ、涙声で、

「嫌なことを言われなければいいです」

と応えた。彼女と教室に向かいながら、香苗の気持ちの沈みようと言ったらなかった。教室に戻ろうとは言ったものの、実際、何をどう話せばよいのか分からなかった。六組の前まで来ると五組のざわめきが聞こえる。前の戸を開けて彼女を先に教室に入れると、

「あっ、転校生だ！」

とか、

「野本、何していたんだよ」

と、二、三人の男子が声を掛け、続いて教室に入る香苗の姿を見て、『しまった！』とばかりに、口を覆う生徒もいた。黒板の前には、学級委員や議長団だけでなく女子の一部も出て、男女別、好きな者同士の班を作ろうと、ワイワイと沸き立ち、黒板に名前を書いていた。最初から着席していた生徒や、香苗の表情を読むことができる一部の女子生徒は、椅子を前に引いて座り直し黙っている。

「一旦、席に戻りなさい」

香苗の声に、前に出て来ていた生徒たちも自席に着いた。

「あなたたちは、何がそんなに嬉しいの？　クラスメートを一人廊下に追い出して、残った者だけで班を決めるのが、そんなに嬉しいのですか！」

ここまで言うと、もう言葉がなかった。泣きたくなってきた。今、話し続けると声が震えそうで、教卓の前に立ち、眼を足元に落としたまま香苗は黙っていた。

やがて大山が、

「俺は何もしてないよ。野本が勝手に出て行ったんじゃあないの？　なあ？」

と、教室を見回して誰とはなく同意を求め、まずは自分の立場の安定を図った。

続けて、

「やべえ！　先生の顔！　相当怒っているじゃん？」

　こういう時の大山の多弁は、状況がよく呑み込めていない生徒をも、ひとくくりにする効果があった
〈土橋先生は、野本さんのことで、怒っている。でも、なぜ？〉

　香苗は、低く平板な声で話し始めた。

「あなたたちが楽しく班を決めている間、野本さんはどうしていたと思う？」

　話の腰を折るように、

「廊下で泣いていたんでしょう？　俺、何もしてないよ」

　大山が即反応し、石崎も、

「勝手に泣いていたんだろう。俺なんか近寄りもしねえもん」

と、潔白宣言をするのは、普段の言動にやましさがあるからと推測できる。香苗は大山の席がある列の間を歩き、そのそばを通り過ぎると、

「ああー、びっくりした！」

　とおおげさに大山が言った後は、もう誰もが香苗の次の言葉を待っていた。

「私が言いたいのは、今日だけのことではなく、一学期から何度も何度も繰り返して話し

てきたことです」

そして、おおよそ次のようなことを話した。

みんなは、飯盒炊さんのねらいは何か、考えたことがあるのか。飯盒炊さんはまず、材料の準備から始め、チームが協力して献立の手順を考え、作業を手分けして行い、無事に出来たら、同じものを一緒に頂き、後片付けまで皆でする。人には得手、不得手があるし、女子が上手なこともあれば、男子が慣れていることもある。そういうところをお互いに補い助け合って、何かを作り上げるところに良さがある。給食の配膳と片付けより、ずっとずっと事前と事後の、計画性やチームワークが求められる。だから、そんな経験をすると、繋がりが生まれ、友達関係が広がる。クラスの雰囲気も良いものになっていくことが期待できる。これから、飯盒炊さんやオリエンテーリングを班で行う行事を控えて、その助走段階から、一人の生徒が教室に居られない雰囲気をつくり、その不在に気づくこともなく、自分たちだけでワイワイやっているのは、遠足以前、飯盒炊さん以前の問題だ。こうして話していても、自分には関係ないと思っている人もいると思う。確かに、野本さんに直接暴言を吐いたという人は、一部の生徒かもしれない。

しかし、野本さんが、自分の教室に居るのは辛い、廊下に出ざるを得ない雰囲気を作ったのは、あなたたち一人ひとりなのだ。自分からそうしようと思っていなくても、何の行動も起こさなければ、あなたもその雰囲気に消極的ではあっても加担している。野本さんが勝手なのではないし、野本さんのせいでもない。

この辺りまで話したら、大山や石崎も前を向いて姿勢を正し神妙な表情で聞いていた。理解しているかは不明だが、今、何か言ったらまずいということは察知しているようだ。学級委員の原は、自分の机の上を凝視して、自分の心と向き合っているような表情である。

想像してみて。今、年賀状を書くとしたら、あなたはいったい何枚五組の人に書きたいと思う人がいる？　十枚いくかしら？　それを超えない数の人の方が多いと思う。ということは、四十名のクラスでありながら、自分に身近な人で、年賀状のやり取りがしたいような親しみを持つ友達は半年たったところで十人もいないのかもしれない。全くの偶然で人生に二度とない中学一年生時代を、同じクラスで一緒に勉強するクラスメートなのに、少ないとは思わない？　今までは、無関心だった人でも、班が同じになったことから、案外、話しやすいことが分かる。半年間で何となくクラスにできてきた小さなグループを超えて活動することで、あの人やこの人の良いところも知るきっかけになるかもしれない。そんな機会のひとつに、今度の遠足はできないものなのか。同じクラスにいても、お互いに話すこともなく、来年の三月には別れてしまう人は、できるだけ少なくして普段の学校生活では発揮されなかった一面を、知る機会にできたらよいと私は思う。好きな者同士なら学校行事でなくても、自分たちの個人的な時間で、どこかに出掛けることは、クラスが解散してからでもできる。それでも、日頃から行動を共にしている人と同じ班でないと、遠足に行くのは嫌だというのが皆の願いなら、遠足自体をやめにしてもいい。人と人との関わり方や誰とでも協力して男女仲良く、何かをやり遂げることを学ぶ機会にしようと思わないなら、五組は遠足には行かなくてもいい。

こんなことを香苗は話した。「遠足に行かなくてもいい」と言ったときには、教室中に、シーンという音がしたように感じた。たかが遠足、されど遠足。皆がどれだけ理解してくれたのか、共感者はいたのか、反発を感じて開き直っている者もいるのか、それは分からない。生徒たちと香苗は、それぞれが、

（とんでもないことになってしまった）

と思ったことは確かである。話し終えた香苗は教室を出た。階段を降り始めると三校時終了のチャイムが鳴った。

四校時は一年二組の国語の授業がある。大岡先生のクラスの二組は、一年生らしく明る

くこぢんまりしたタイプのクラスで、国語の時間も何かほっとする雰囲気の中で授業ができた。五組で話してきた勢いもあって、授業は切りの良いところで終わりにして、「なぜ、勉強するのか」「クラスの自治とは何か」について、少し話す時間をとった。

「強いて勉めると書く勉強は、好き嫌いを超え、あえて努力するものなのだとは以前も話したことがありましたね。先生たちは皆、生徒たちが何かひとつでもできるようになることを願うとともに、分かった喜びを味わわせたいと、いろいろと工夫しながら、授業を行っています。あなたたちは、先生は生徒を注意するのが仕事だと思っていませんか。みんながふざけたりするのを注意するために教室に来るわけではないのだから、みんなもただ待っているのではなく、この授業をよし、やろう！　何かを吸収しよう！　というやる気を持って臨んでほしい。〈双方向性〉って言葉の意味は分かりますか。一方通行じゃあなくて、先生と生徒の間や、生徒と生徒の間に、行き来がある授業を作っていきたいですね。自分の発言で授業が先に進んだというような体験ができる授業です。一年生も半分終わり、来年度には上級生の仲間入りをします。自分たちを取り巻く環境に関心を持って、自分たちのことは自分たちで解決しながら、前進できるように、一人ひとりが何かで役に立つことができるように、心掛けましょう。集団生活ではそれが大切だし、集団生活だからこそ、できることでもあるのですよ……」

五組とは違ってみんな真面目に、真剣に聞いている。香苗はこのような落ち着きが自分のクラスにも醸し出せないものかと思わずにはいられなかった。

（これは、大岡先生の人柄から生まれ出る雰囲気なのだろうか……）


今日は、中間考査前の土曜日である。生徒もほぼ下校した二時過ぎに五組の教室に行ってみた。掃除道具のロッカーから箒が一本はみ出していたが、教室はきちんと整頓されていた。さて、「遠足に行かなくていい」と言ってしまったことを、どう収めていけばいいのだろう？　……香苗は自分の言葉に当惑していた。生徒たちが下校した教室で来週からのことを考えた。そして、

（中間考査が終わるまでは、私からの働きかけはなしにしよう。野本さんのその後の様子は注視しても、遠足の話はしばらく寝かして、それぞれが考える時間を作ろう）

と、ここまで考えがまとまったところで、少し気持ちが落ち着いた香苗は、今週の残務整理をしに、職員室に戻って行った。

翌週の道徳の時間は、どこかぎこちない始まりとなったが、一人ひとりが自分と向き合う静かな時間にした。香苗は『君たちはどう生きるか』（吉野源三郎）の、〈勇ましき友〉の部分を選び、コペルくんとおじさんの話を紹介した後、読み始めた。香苗の読み聞かせは、他のクラスでも好評で、この時ばかりは、五組も集中力がある。国語の時間には、他のクラスでも、一学期は、短編小説『魔術』（芥川龍之介）と戦争童話『凧になったお母さん』（野坂昭如）を、定期考査後に選び読み聞かせた。静かな驚きや感動が教室内に良い波紋となって広がっていくのが伝わってきたものだ。日頃の道徳の時間は、教材から自分の意見や思いを書いたり、発言させたりしてきたが、今日はひたすら聴くのみ。それでも、生徒たちは、香苗がなぜこの〈浦川君と北見君〉の部分を取り上げたのか、気づきがあるだろうと思った。しかし、聴くだけでは、多くの生徒たちの、それぞれ個性的な心を耕すまではできないだろうことも分かっていた。

その日の五校時の書写の時間には、集中力が続かない谷川に、精神統一のための黙想を指示した。谷川が、薄目を開けては、「もういい？」「まだ？」とばかりに時計を窺う様子に、内心では子供っぽく、おかしくも思ったが、本人の気持ちは一向に鎮まらないようだ。精神統一どころか、三分経って体勢をもとに戻しても、またキョロキョロと落ち着かない。

一方、多くの生徒は黙々と毛筆習字に集中していた。机間指導をしながら、

「墨は丸く擦ることは、これまでの授業で話しましたよ」

と言ったとたん、

「コンパスはどこにあるの？」

と、谷川のおちゃらけた発言が出たが、誰も関わらない。今日は最後に清書を一枚提出する日なので、谷川に乗せられて一緒にふざける生徒はいなかった。それにしても、先週の半ば頃からの谷川の言動には、注意することが多く、授業に遅れて来て、立たされたこともあったという。その日に職員室に呼んで話したときには、

「明日から、真面目になるように努力します」

と、誓ったばかりだったのでもう一回呼んで心の状態を聞こうと香苗は思った。六校時が終わったところで、五組の教室に行き谷川を連れて来た。途中、

「何で？　もういいよ、分かったから」

と、話題を予測してか、ぶつぶつと言いながらも、後をついてきた。

「あなたは毎日、どうして学校に来ているのですか？　谷川くん」

「学区域だから……」

「そういうふうにしか言えないの？　少しは考えてごらんなさい。しょうがないわね」

「しょうが、あるよ」

「そう？　どのように、しょうがあるの？」

「しょうがは、八百屋にある」

と、真顔でぼそりというので、気が抜けてしまう。しかし、この後、谷川は意外にも、泣き出してしまったのである。小さなぷっくりした手で、一生懸命眼をこすりだしたかと思ったら、まつ毛に涙が光っていた。ここのところ何となく友人関係がうまくいっていないような感じがしていた。二学期になって学級委員や議長団と、新しい席と班を決める会議をもった時に、これまで親しかったはずの原が、

「谷川と同じ班になったら、嫌だな……」

と独り言のように言ったのを聞いたときから、そう感じていた。谷川は大山のように、人の受けを狙うひょうきんな軽さはなく、本当は気が弱く優しいところもあるのだけれど、癇の強い性格で、人との繋がり方には不器用である。この時も結局、落ち着きのない原因は分からなかった。しかし、本人なりに何かを必死に我慢しているような、いじらしさが感じられた。言葉にならない分だけ、涙がこぼれたようだ。今日は、これだけでいいと香

苗は思った、ちょうどそのとき、ドアをノックして、

「土橋先生は、ここかな？」

と、いきなり飯田教頭の顔が覗いた。

「中央玄関を通ったら、五組の江口が何も持たずに帰ると言っているので、担任の先生に話してからにしろ、教室に戻れと言ったんだけど、何があったか、先生は知っているの？」

と告げられた。香苗は何も知らない。急いで行くと江口が靴下のまま、中央玄関近くのぬかるみに立ち、周りでは、大山、石崎などの男子がガチャガチャと言いたてている。江口は泣いているし、左頰が真っ赤になっていた。

「江口くん、どうしたの、そのほっぺたは？　誰かに叩かれたの？」

〈外野〉の生徒たちが、一斉に口を開くので、

「あなたたちは、教室に戻りなさい！」

と一喝して、江口の腕をとって、さっきまで谷川がいた部屋に連れていき座らせた。江口には、緊張すると黙り込む一面があり、聞けば聞くほど黙ってしまう。紙と鉛筆を持ってきて、何があったのか書いておくように言い、香苗は教室に急いだ。教室はざわついてはいたが、江口以外の生徒は全員いるので、何があったのか問いかけると、下田とケンカ

したのだと言う。見ると下田も自席で泣いていた。

「待たせたのは悪かったけど、帰りの会の時間になっても先生が来なかったら、学級委員は職員室に連絡に行くとか、何か急用かも知れないから、帰りの会を日直は始めておくとか、そういう気付きがあり、皆で協力できると、五組は一歩前進するのにね。この後、ケンカの仲裁も担任がするんですよ。これも、自分には関係がないことで済ませて、先生がやればそれでいいと思っているのですか？」

と、帰りの挨拶をする前にチクリと話して、下田を連れて江口が待つ部屋へ行った。

「江口くん、何があったか書いたかしら？　下田くんが関係者のようだから、三人で話しましょう」

渡した紙は白紙のままで、江口はまだ涙目であった。そして下田もまた泣きだしていた。

「あなたたちは、仲良しなのよね？」

香苗が口火を切ると、ふたりともコクリと頷いた。そして、下田が話し始めた。

「ちょっとした口論から、江口くんが『下田の秘密をばらす』と言ったので、自分はカッとなって、江口くんの頬を五発殴ってしまいました」

と言うのだ。そして、二人は、また泣きだした。

「五発も殴ったの？　どんな理由があっても、手を出した方が、まずは、謝らなければね。下田くん、江口くんの眼を見て謝りなさい」

　下田は素直に、

「江口くん、カッとなってしまい、ひどいことをして……ごめんなさい……僕を同じように殴ってください」

「えっ！　何を言っているのよ。それは、駄目。江口くん、下田くんが謝っているけど、許してあげられる？」

　江口は、何か言おうとしているのだが、視線が定まらず、言葉にならない。

「……」

「江口くん、それじゃあ、あなたも下田くんが言うように、殴っておあいこにしたいの？」

「……僕が……僕の方が、悪かったから……」

「僕が悪かったから、何なの？　江口くん」

「僕が、二人だけの秘密の話を破ろうとして、こうなったから……僕の方が悪い」

「下田くんは以前、自分自身の秘密をあなたに話したのね？　それは、あなたを友達として信頼している証拠なのよ。この後、例え二人が絶交したとしても、その秘密は言わないこと。それが、人としての尊い態度だと思うな。それで、殴られたことは、許してあげられるの？」

江口は涙で赤くなった目を香苗に向けて、頷いた。

「下田くん、秘密って何かは知らないけど、暴力は駄目よ。カッとなることがあったら、その場所から、あなたの手が相手に届かない所まですぐ離れなさい。特に、今回は一方的だから、ちょっとやり過ぎですよ」

下田は、また、江口に、

「本当にごめんね、ごめんね！　大丈夫？」

と言い、江口は、

「うん、うん、……僕もごめんね……」

と応えて、二人は仲直りした。香苗から見ると、二人共普段は目立たない大人しい生徒である。口の重い江口が、他の悪童たちからちょっかいを掛けられないのも、下田との友達関係があるからだ。親や先生よりも、友達の方が大事な思春期にさしかかっている生徒らにとって、友達関係は最優先のことである。ここのところ落ち着きの無い態度の谷川も、おそらく友達関係で、壁にぶつかっているのだろう。

今週の始まりは、随分といろんなことがあった。明日の理科の授業で行う実験の準備をするという大岡先生を待って、香苗たちは一緒に帰った。今日の一部始終を話し、大岡先生の一日のことも聞いて、夜八時過ぎに別れた。大岡先生に話を聞いてもらったことで、香苗はいくらか元気を回復し気持ちの整理ができた。この頃になると、クラスのこと、学年のこと、授業のこと、教職のしんどさや自分たちの将来についてなどで、共感的に話せる人は、同期の先生たちよりも、大岡先生が一番身近な存在になっていた。一方、帰宅しても、やはり谷川のことが気になっていた。遅い時間ではあったが、思い切って谷川の家に電話をして、二学期になってからの生活状況や落ち着きがない最近の出来事について話し、家庭での様子を聴くことにした。四十五分くらいは話しただろうか。母親の子どもを見る眼と、香苗が感じていたことに、そう違いはなかった。母親は、

「できるだけ、相談に乗ってやれるように努めます」

と、言ってくれた。

翌日、職員朝礼が始まる前の時間に、伊東朝子と山上朋美が、弾んだ調子で職員室にやってきた。

「土橋先生！　おはようございます。今日、青木くんが来ているんだけど、あのノートを

渡してもいいかな、と思って先生に聞きに来ました」

と言う。「あのノート」とは、この二人と石崎、松下など、〈青木くんの写真係〉をしたメンバーが、毎日の全授業の板書などを輪番で記録したノートのことである。青木が登校するのは、二学期になって今日が初めてで、一か月余り休んでいた。夏休み中に、両親の実家がある地方に出かけて、自転車事故を起こし、頭を強く打って一時は命の存続も危ぶまれる日々と聞いていた。現地で手術を受けて、そのまま入院生活を送り、九月下旬になって東京に戻り、通院しながら自宅療養をしていた。二学期になってこの出来事を香苗から聞いた五組の生徒たちは、どうやって〈青ちゃん〉を励まそうかという学級会を開き、班ごとの写真を撮って送るという伊東たちの案が選ばれた。ただ写真を撮るだけではなく、手にメッセージを書いた画用紙を持つことにしたところが、皆の心を摑んだようだ。その写真を撮って、送るという係に就いたのが一学期に最後の日まで、青木と同じ班のメンバーであった伊東たちなのである。

「そう！　青木くんが今日来たのね。じゃあ、私が教室に行って青木くんの復帰を祝福する言葉を言った後に、あなたたちの誰かがそのノートを渡すことにしましょう。すぐに、中間考査があるから、青木くんは喜ぶと思うわよ。それで、ノートはどこにあるの？」

「それが、石崎くんがノートを持っていて、返してくれないんです。自分が渡すんだって言って……」

「自分では何にも書いてないくせして、ねえ！」

と、二人があきれ顔で見合った折も折、石崎が職員室にやって来た。粗野な言動もある生徒だが、クラスの動向に敏感で、こういう目立つことをやりたがるのは〈便利〉な時もあった。

「石崎くんは、きちんとした態度で、渡せるのですか？」

石崎は、眼をクリクリさせて、ニヤッと笑い、嬉しそうに頷いた。

「二人は、自分たちで渡さなくてもいいの？」と二人の女子に確認してから、

「では、石崎くんが朝の会でこのノートは何かを説明した後に、渡しなさいね」

と言い、三人が段取りを決めた。ノートの表紙には、二人の女子が、

〈青木くん、退院おめでとう〉と書いた。伊東が、

「青ちゃん、泣きださないかな、ウフフ」

と、言いながら、三人は教室へ戻っていった。学校は三学期制であるが、委員や係は九月までが前期で、十月からは、後期の委員や係の改選を行った。この女子二名が議長団に

選ばれてからは、よくクラスのために活躍していた。何かと事件が起こった昨日も、放課後に二人が呼びかけて、学級委員の原、福岡、男子議長団の杉山、鏑木の面々で、遠足のことを話し合ったそうである。みんな、班は男女別の、好きな者同士で組みたいと言ったが、原は、

「土曜日の先生の話を聞いていると、先生なりの狙いがあって、男女一緒の班にした方がいいと言っていたよね。そうしようよ」

と主張し、女子、男子それぞれが五班ずつグループを作り、それをあみだくじでくっつけて、一班八名の班を作ったそうである。これを今週の学級活動の時間にクラスに提示して、意見があれば修正するし、賛成が得られれば決定するということになっているそうだ。香苗が「遠足に行かなくてもいい」と言ったのは、土曜日で、〈遠足に行くための班づくり〉を彼らがしたのは、月曜日。つまり、昨日の放課後ということになる。これには、新米担任も驚いた。生徒たちの課題解決力とアイデアに、五組なりにリーダーが育っていることを実感した。そして、曲がりなりにも学級経営ができるのは、このような生徒たちのお陰なのだと香苗は心から思った。

（私は、生徒たちに支えられている！）

と、実感した。

伊東の期待に反して、青木は泣かなかった。事故を起こした夏休みから昨日まで、病院や自宅で生活して、透き通るほど、肌が白くなっていた。青木を前に呼び、石崎も出てきて、一言、二言、言葉を添えて、お休みした間の〈授業記録ノート〉を渡すと、みんな、ワアーッと拍手した。青木に、

「あなたの声を聞かせて」

と発言を促すと、

「……また、よろしくお願いします。いろいろとありがとう」

と言って、照れていた。外見上は、どこかに傷があるわけでもなく、夏休み前と少しも違わないので、大変な事故に遭い、生死の境をさまよったなどとは考えられなかった。しかし、母親は、あの事故から、ものを書いたり、読んだりする根気が全然無くなってしまっていると言う。

「でも、事故の凄さを思うと、生きてくれているだけでもよいと、つい甘やかしてしまいます。本当にこれからの学習のことを思うとどうしようかと心配で……」

と、涙声で話した。香苗も途方に暮れつつ、休んだ間の補講は、本人の負担を考慮しな

がら行う予定であることと、授業を受けていない今回の中間考査については、各教科で配慮がなされることを伝えておいた。

そして、五組の生徒たちに、

「まだ、様子を見ながらの登校だから、青木くんの頭や体には、絶対に触らないように、周囲をよく見て、注意して行動すること。このことは、他の先生方にもクラスで話してもらうように頼んであります」

と、注意喚起をしておいた。青木の登校再開日の火曜日は、忙しい朝の時間になった。

この日、三〜四校時は、美術の二コマ続きの授業だが、先週の授業後、

『来週の三校時は、先生の都合で自習になるから、もし学級の時間に使うのならどうぞ』

という担当教諭の伝言を、今日になって美術係が言ってきたのは、二校時の休み時間である。美術係は、前日にでも言えば良かったのに、何かと忙しそうな担任に言えなかったのだろう。が、担当教諭も担当教諭だ。担任に一言言っておいてくれればよかったのに……。美術の教員は、クラス担任もなく、美術室にこもっていることが多く、香苗が会う機会もそう多くはなかった。香苗は慌てて飯田教頭に確認した。通院してからの出勤で時間休暇を取得していると教えてもらった。事前に分かっているなら、テスト前で時間の足

りない教科が、引き取って授業をする時間割の変更もできたのに、もったいないなと思いつつ、

「私は二時間とも、他のクラスの授業だから、議長団に言ってごらんなさい。議題があるなら学級の時間にしてもいいけど、ないならテスト前の自習をするように、学級委員に伝えておいてね」

と、美術係に言って授業のクラスに向かった。土曜日の「遠足には行かなくていい」と発言したことが尾を引いていて、香苗自身からの働きかけは、まだしたくなかった。同じ階の一年生の授業なので、騒々しいようなら途中で様子を見に行こうと思っていた。ところが、三校時にはどこの教室からも騒音は聞こえず、香苗もテスト前の最後となるクラスの授業を順調に終えた。そのまま五組に寄って、何をしていたのか聞いてみた。すると、学級委員と議長団のメンバーが、昨日考えた遠足の班をクラス会議にかけたところ、誰からも質問や不平は出ず、すんなりと決まったという。その後、班ごとに分かれて班長や火の係、献立や持ち物の相談をしたそうだ。その手際のよさに香苗は、心底感心した。が、二日後から中間考査が始まるので、担任からはまだ遠足の話題に触れないことにしようと思った。時間は前後するが、今日の二校時の五組の国語の授業中のことである。香苗は不

意に、

（そうだ、谷川は今日、どんな表情をしているかしら）

と、昨晩のことが頭を過り、谷川の席の方へと眼を向けた。その時まで存在が意識されないほど、大人しかったということだが机の上には何も出していなかった。

「谷川くんは、教科書忘れですか」

と香苗が聞くと、表情を硬くしたまま、自分の机を左隣の生徒の机に付けて、見せてもらい始めた。昨夜は、担任の先生から家に電話が入ったのだから、面白くないのだろう。親とは何か話したのだろうか、と一瞬頭を過ったが、特段の働きかけはその後も控えて、一日の授業が終わった。すると、放課後の職員室に、谷川の方からやって来た。二～三人の男子生徒に職員室前の廊下までは、同行してもらっていたが、谷川一人が入って来て、

「ほら、これ！」

と、香苗の方にレポート用紙のようなものを投げて寄越した。

「何をしているのよ。提出物ならキチンと手渡しなさい」

サッと拾ったかと思うと、渡しざまに、

「うるせえーんだよ」

と悪態をついた。
（何さ、昨日泣いたカラスのくせして、態度がでかい！）と、香苗も心の内では毒づきつつ、折りたたんであるレポート用紙を開いた。そこには、綺麗な字でこう書いてあった。

『土橋香苗先生
昨晩はご連絡を頂きありがとうございました。あの後、本人と話しました。夏休み後から、一学期に仲良くしていた友だちから、クラブの強化練習をさぼったことがきっかけで無視されているようです。自分が怠けたせいなので、言い返すこともできず、いらいらする日が続き、辺りに意地悪をしては、先生に怒られていると言っていました。気に入らないことがあると、反省するより、八つ当たりするのは、小学校から変わらず、意固地でご迷惑をおかけします。明日からはちゃんとすると約束させましたので、今後ともよろしくお願いいたします。
谷川琢磨　母』

小学校時代には、中学校でのクラブ活動を一番の楽しみにして入学してきても、一年生の夏休みの強化練習辺りから、継続できる生徒とドロップアウトする生徒に分かれていく。運動神経はよくても、チームプレーや団体行動が苦手な生徒、我慢が苦手な生徒はなかなか続かない。しかし、強化練習を乗り越えた生徒たちの絆は強くなり、来たり来なかったりする生徒にとっては、クラブの敷居が高くなる。谷川は、運動は好きではあるが、地味な基礎体力づくりなどは、真面目に継続する根気が不足しているであろうことは、学級生活からでも容易に想像できた。香苗は谷川にはこの試練を乗り越えて、成長してほしいと思った。目下のところはどうしたらいいか悩み、イライラしているのだろう。四月の家庭訪問の時には、中学校に入学してから友達がたくさんできて、喜んでいると母親が話していた。友達のことになると夢中になり、家に友達が来たときなどは、自分の貯金箱を壊して、自らお菓子を買って来たそうだ。しかし、今は香苗の仲裁も受け入れられそうにもないし、しばらくは見守っておくしかないと思う。

こんな一日を送った香苗は、ため息をつき、大岡先生は生徒が勉強しないことを何よりも嘆きつつ一緒に帰った。道々、大岡先生が話し始めた。

「帰りの会でね、『明日は体育の日でお休みだけど、中間考査の勉強をするチャンスだからね』と言って、帰りの挨拶が終わるとすぐに『おい！　今日4時だぞ！』と言い合っているのよ。聞いてみると、何だと思う？　土手で野球をやるんだって！　私にはもう言う言葉がないわよ！」

「うちのクラスは、テストの緊張感がないだけじゃあなくて、毎日がトラブル続き。勉強の話どころじゃあないの。でもね……勉強というと、自分が中学一年生の頃を振り返ると、試験が近くても九時頃には、さっさと寝ていたと思う。姉に『試験範囲をもう一回見ておきなさい！』と言われても、やっぱり寝る時間はいつもと同じだったような……だって、普段は朝早く登校して、校庭で遊んでいたし」

「へえ～！　私はやったなあ。夜さあ、すきま風に震えつつ、一人で起きてやっていたもの」

「それは、大岡さんが優秀で努力家だったからよ。私は、友達との外遊びに夢中の中学時代だったから。勉強に本気を出したのは高校や大学になってからかな」

「でも、土橋さんなんか、やらなくてもできたでしょう！」

と、茶化す。そして、

「あの子たちは違う。英語は勉強し始めて、まだ、半年しかたっていないのに、もう大差がついているのよ。このままでは、中二や中三でどうするんだろうと心配だわ」

「確かに。国語は母語だから日常生活からでも、語彙などは身に付くことがあるけれど、自宅学習なしでこのままいけば、英語や数学は特に困る時が来るわね。国語だって、すべての教科の基幹を担っているのだから、実は一番肝心な教科なのよ。私、文法は徹底的に一年生からやるつもりよ。主語、述語が分からないようでは、活用形を習う時には、もう諦める子が出てくるかもしれないし。最初が肝心、残してでも徹底してやる！」

「私もやる！　理科って敬遠されがちだけど、実験には興味を持つ子がいるからね。そこを突破口にしていく！」

「今月の中間考査と遠足が終わって十一月になったら、勉強をおろそかにしない体制を作っていきたいね！」

気持ちだけは前向きになったものの、初担任となって半年の二人は心身ともにあまりにも疲れていた。

翌日の体育の日、香苗は一日中家にいた。寝ていても、何をしていても、心も体も重い。新任の昨年度も苦しかったけれど、去年の今頃はどうしていたかと振り返っても、混沌としていて思い出せない。いつも、これからのことを考え準備するのに追われていたし、何よりも担任ではなかったので、生徒との強烈な印象も少なかった。香苗は二学期から、日記を書くことにしていた。その時々に考えたことや起こったことを書き留めておこうと思ったのだけれど、実際は、書くことを継続するには時間を要した。だいたい普段の日はへとへとに疲れて星を頂く時間になって帰宅し、机に向かう十分な時間がない。あっと言う間に十時を過ぎてしまう。教材研究やテストの作問、学習プリントづくりは、休みの日にまとまった時間をとってやるようにしているが、翌日の各クラスの進度に合わせた教案確認は、何時であろうとも欠かせないからである。学校では生徒対応を最優先にするので教材研究をしている時間はない。昨年度は二年、三年の授業を持ったので、一年を持ってい る今年度は、教材が全部初めてのものばかりである。

苦しい月日を経験しても、明日やこれからのことばかり考えていて、足跡は何も残らないような気がした。せめてこの日々の中から、未来の自分への贈り物を残さなければならないと考えて、書くことに決めたのだけれど、それが、もう四日間もできていないことに自己嫌悪を感じ、心が重くなるのだった。街を歩くときは、つい下を向き、何かを思い詰めている。電車やバスで座ったときには、気づくと腕組みをして、もの思いにふけってしまう。そして、家にいて家族団らんの時以外は、胸いっぱいに込み上げてくるこの手応えのない茫漠とした気持ちは何だろうと思った。昨日の帰宅途中の暗闇で、金木犀の花の香りが漂ってきた。金木犀の花が香り、曼珠沙華の花が咲く初秋は、香苗の一番好きな季節である。久しぶりに短歌を一首創った。

報はれむがための日々にはあらねども木犀の香の不意にせつなし
金木犀の木に、あの目立たない小花がひとつ、ふたつ綻んでも、その香りに人は辺りを見回す。晩夏の残暑がようやく終わって、何をするにも集中力が高まる秋の入り口に咲く金木犀の花が、香苗は好きだ。昨夜の帰宅時に闇の中でその香りに気づいたとき、教師から普段の「土橋香苗」に戻り、深呼吸をした。

香苗の一日は、ほぼ毎日学校生活が占めているのに、そこには、充実感や達成感よりも、悩みばかりがあった。しかし、ちょっと立ち止まることができたこの祝日は、金木犀の花の馥郁とした香りに誘われたように、内面を耕す時間が持てたことから、気持ちも明日に向かって幾分かは整ってきた気がした。

十月も中旬となると、時折冷たい雨が降った。中間考査の前後から、朝と帰りの学級の時間は、生徒間の連絡と担任からの連絡で終わる日が続いていた。今日もそんなつもりで教室に向かうと、三人の女子が前に出て、帰りの会を始めていたが、全体的には帰り支度を早々と始める生徒もいて、がやがやしたままである。それでも、

「静かにしてくださーい！」

と注意しながら、教科連絡や提出物の確認を終えて、生徒の会が終わり、最後に、

「先生、お願いします」

と、言って三人は席に着いた。香苗は、漢字テストの返却をして終わりにしようとすると学級委員の原が立ち上がった。

「先生、話し合いはしないんですか？　最近、全然話し合いをしてないじゃあないですか！」

と言う。議長団の杉山も、

「そうだよ！　ここのところ連絡しかしてない！」

と、声をあげた。驚いた。まるで香苗のどんよりとした心の中を見透かされているような言葉であった。

「いいわよ。皆が話し合いたいなら。じゃあ、あなたたちが、前に出て来て始めなさい」

と言うと、さっと原が前に出た。

「静かにしてください。何かクラスで話し合うことはありませんか」

もう一人の議長団の鏑木が、

「昨日の中央委員会の報告があるんだって」

と言い、学級委員の福岡の方を見た。福岡は、自席で立ち上がり、

「次の中央委員会で話し合ってほしいことがあったら、出してください」

と言うと、すかさず二学期の初めに彼女の通知表を見た男子たちの一部が、

「ない、ない」

と、からかい半分に応えた。しかし、原から、静かに、真剣になるように言われると、潮がひくようにクラスは鎮まっていった。

その後、クラスの問題だとして、男子が手を挙げた。出たのは〈女子が掃除をサボる〉〈女子が掃除時間にいつもかたまってしゃべっている〉〈女子が三年生の男子ばかり見ている〉などというようなことであった。まるで「僕たちは、女子に関心があります！」と言っているようなもの。香苗は笑いをかみ殺して見守っていた。それらに対して、原は議長でありながら、自ら快刀乱麻の回答を乱発した。「女子はしゃべりながらもやることはやっているのでそれでいい」「掃除は最後まで班で協力して、きちんとやってこそ掃除なのだから、滝沢くんたちが女子の分を残しておいたから今からやれというのはおかしい。君たちがサボったということになるのではないか。それに、今はもう掃除の時間ではないのだし、今やれと言うのもおかしい。明日からすればいい」ここまで、原が言うと石崎が、

「原は、女子の味方かよ！」

と、口をとがらせて投げつけるように言った。すると、

「そんなんじゃあ、ありません。今の世の中は、男子も女子も平等なんです！」

と、応じた。そこから、〈谷川がサボった〉とか、サボりの常習の男子への非難と改善要望が出だした。以前、原が谷川や荒井と同じ班であった時に、香苗が見回りに行くと、その時だけ掃除をしているふりをしたり、言われないとやらなかったりしていた。ところが、今週、教室掃除を見に行ったとき、自ら雑巾を持ち、班全員、大山に至るまで掃除をしていたことを思い出した。これが当たり前なのに、香苗にはその光景が新鮮であった。生徒たちの中には、確実に前進している者も多い。しかし、担任の自分は、問題行動や忙しさを理由にして、ため息ばかりをついてしまっていたのではないか。心ある生徒たちは、担任の先生に「五組は遠足にいかなくてもいい」と言われた日から、クラスのことを考え、自分たちでできる努力はして来ていた。子どもっぽくいつまでもその時点に立ち止まり、拘っていたのは誰でもない香苗の方だったと気付く。一年五組の一年間も後半に入ってから、教室には時折爽やかな風が吹きはじめていたことにも気づかず、疲弊感を募らせていたことを情けなく思った。帰りの会での話し合いは〈掃除は最初から最後まで、男女が協力してやる〉という確認で終わった。この話し合いの様子から、香苗も気持ちが吹っ切れた部分があり、放課後、石崎を残してチンプンカンプンになりつつある文法の補習をした。

他に大山、谷川、江口も理解不足は同等なのだが、言われて残る気も、やる気も今は見られない。石崎には、

「やれば分かるようになるのだから、今日、残って復習問題に挑戦しよう！」

と言うと、

「うん！」

と応じ、教室で主語、述語、修飾語からおさらいをした。教室の後ろの黒板近くには、カバンを肩に掛けた原を始めとする、六〜七人の男子が残留していて、黒板に何か書きながら話していた。が、石崎は居残り勉強をすることに、照れるでもなく、気を散らすこともなく、一生懸命に問題をやっていた。それを見ながら後ろから耳に入ることは、女子の話ばかりである。福岡がどうしたとか、伊東がこうしたとか、女子の噂をしているのである。小耳にはさむこのような情報も大層面白く思春期を生きている中学生の姿を垣間見るようであった。原は学級委員として、良識ある考えをもってクラスに働きかけている。そのために他の生徒たちから敬遠されることもなく、やんちゃな男子とも公平に接して、むしろ慕われる存在に成長してきた。この発見から、香苗のクラスに対する見方がようやく変わっていった。

十月も下旬の水曜日の一日、大山が入学以来、初めて歯痛で欠席した。多弁にして多動、誰かのことを、とやかく言っていないと、自分が言われるとでも思っているのか、五組の争乱の〈震源地〉には、いつも大山がいた。その張本人が不在の日は今日が初めてである。朝から何とクラスの雰囲気の和やかなことか！　授業も円滑に進む。こんなに周囲に影響を及ぼしていたとは思わなかった。香苗と同じように感じている生徒もいたと思うが、大山を疎外するような発言をする生徒はいない。ただ笑顔の多く見られる一日になった。

その延長線上に始まった翌日であったが、五校時の国語の時間には、歯痛から復帰した大山の調子も絶好調に戻っていた。突然、授業とは関係ないことを言いだして雰囲気を壊し、つられて波紋のように教室の集中力が薄まっていった。ここで授業を止めて説教をしていたのでは、中学校で本格的に習う古典の学習に興味を持ち始めている生徒たちが気の毒だ。

「谷川くん、荒井くん、滝沢くん、山本くん、廊下に出て気持ちが落ち着いたら静かに教室に戻りなさい」

と大山につられている生徒に香苗が告げると、

「俺も出る！」

と〈震源地〉の大山が言って、最後に出て行った。そのまま授業を継続していると、誰かが五組のドアをノックしている。香苗は授業を進めながらドアに近寄って開けて見ると、六組の生徒が二名立っていた。そして、

「今、六組は自習の時間だけど、廊下の大山くんと谷川くんがうるさいので、注意してください」

と言う。廊下に出されただけでも恥を知り、神妙にしている他の生徒とは違って二人は平気を装って六組を覗き見たり、知っている生徒に秋波を送ったりして、邪魔をしていたのである。何とも申し訳ないことと香苗は赤面する思いで、

「無駄口を利かないで、きちんとできる人は、席に戻りなさい」

と、廊下に出された生徒たちに告げた。結局、廊下にいた生徒たちはみんなが自席に戻った。香苗はもうこのまま授業は続けられないと、心の中では、かなり憤慨していた。そして、同じような授業展開で、五組の授業だけは、なぜ出来ないのか、に始まり、古典文学を勉強する意義……など話したが、結局、授業の終末は叱責で終わった。むろん、五組全員の態度が問題なのではない。一部の生徒の興味・関心を授業担当者が惹きつけていないことが一番の問題なのだ。そう思うと叱責した後味は悪かったが、次の六校時の大岡先

生の授業は、クラス全体が普段よりも熱心に授業を受けていたそうである。

　この日、一年生は帰りの学級の時間帯に、月末に迫った遠足の全体指導で体育館に集合した。そこでも、大山は落ち着かず、香苗はもとより、学年主任や体育科の教員にも態度を注意されたが、やはり、多動でピシッとはしない。大山の注意散漫な〈特性〉に応じた有効な指導などは考えられず、ひたすら教員が注意をして、本人が改めようと努力すれば、何事もその生徒なりにできるようになるのが当たり前と考えていたのである。全体指導が終わって教室に戻ると、黒板にいたずら書きがしてあった。江口と野本の相合傘の近くに、二人をカップルと見立て、下品にからかう内容が書いてあった。生徒たちの帰りの会の連絡が終わり担任の香苗の出番になった。早速、

「黒板に落書きをしたのは、誰ですか！」

　と聞くと、

「僕です」

　と、議長団の一人の杉山が手を挙げた。その時には、いたずら書きはもう消されていたので、

「杉山君だったの！　名乗り出たのはいいとして、あなたが書いたことは、もう消されて

いるから、何て書いたのか言ってみてくれる？」

と香苗は言った。杉山は、いささか青ざめ、ためらいながらも書いてあったと思われることを小声で言った。一部の男子が、くすくすと笑う。香苗は真顔で聞いた。

「それは、いったいどういう意味なの？」

「……」

杉山はもじもじしているだけである。

「あなたは今日、日直であり、黒板を消すのが役目のひとつなのに、人を不快にするいたずら書きをするとは、何事ですか！　自分に向かって書かれた落書きだとしたら、どんな気持ちになるか、よく想像してごらんなさい」

中学校生活も半年が過ぎると、これまでは目立たなかった生徒も、違った面を見せてくる。原のようにやんちゃを卒業して、他の生徒と協力しながら、クラスについて主体的に考えることができるようになる生徒もいれば、日々起きる出来事に触発されたように、〈悪ふざけデビュー〉する生徒もいる。五校時に廊下に出された生徒たちは、これまで〈よいこ〉と認識されていた生徒が、他を傷つけるいたずら書きで、叱られていることに耳を澄まして聴き入っている。そして杉山の人を傷つける〈いたずら〉に比べると、自分たちのにする契機になったことに、思いは至らない。

〈おしゃべり〉は、たいしたことではなかったとでもいうように、余裕の表情をもってこの光景を見守っていた。自分たちの勝手な私語が、五校時の国語の授業を中途半端なものにする契機になったことに、思いは至らない。

週末の土曜日は、高校時代の部活動仲間の結婚式が控えていた。彼女は併設の大学に進学しなかった関係で、高校卒業以来、疎遠になった一人である。最初は、朝の学級の会を済ませたら、時間休暇を取って披露宴会場に行くつもりでいたが、大岡先生から、

「朝の短い時間で、そんなに話せるわけではないのだから休みなさいよ。美容院にも行けるんじゃあないの？」

と、背中を押してもらい、五組のことは気になりつつも、土曜日は半日休暇を取ることにした。それでも、結婚式に出席するために休暇を取ってクラスから離れることは、次週の遠足のことなどを考えると、気持ちにゆとりが持てなかった。そこへ金曜日の夜、結婚する彼女から電話がかかってきた。

「香苗、部活の友達を代表してスピーチをしてくれない？」

という。前夜に頼むのも彼女らしいと思いつつ、

「私で良かったらいいわよ。レギュラーとして活躍したことを語ってあげるからね」

と引き受けた。さて、何を話そうかなど考えつつソファに横になっていると、香苗はそのまま眠ってしまった。母親が何度か声を掛けて、お風呂を勧めたが、香苗は生返事をするだけで、また眠りに落ちていった。

「香苗！　香苗！　お風呂はもういいから布団に入って本寝しなさい。このままでは風邪をひくから」

という声に、やっと起き上がり、着の身着のまま、布団に滑り込んで朝まで眠ってしまった。如何に疲れていても、こんなことは初めてだった。翌朝、結婚式に出席する気持ちに切り替えて準備をし、美容院で髪をアップに結い上げてもらった。中振袖の着物を母親に着せてもらって、披露宴に駆け付けた。ところが、友人たちから、

「先生って大変なんでしょう？　香苗、疲れが顔に出ているよ！」

と見抜かれてしまった。そこで、スピーチのときは、せめて満面の笑顔を心掛けた。

……学校を離れて披露宴の席にいても、香苗の心の中には、クラスや生徒のことが去来していた。大岡先生に言われたことがあった。

『あなたは、クラスを良くしようとし過ぎるのだ』と。

『ちょっとした生徒の言動を見逃さず、いけないことと思い過ぎるのだ』とも。
香苗の授業の持ち時間は、木曜日、金曜日は一コマしか空き時間がないほどびっちりと入っている。唯一の空き時間に、今週は、谷川の母親との面談が入っていた。時間に追われて余裕というものがない中で、いろいろな事象に対処していくのだから、心身ともに疲弊していく。大目に見る大らかさも必要だとは分かっているが、けじめがない言動を許容していては、真面目で大人しい生徒たちが、浮かばれないではないか。来週はいよいよ遠足の週を迎える。日常の学校生活から離れて、応用問題のような特別活動を行うのだから、自覚と責任感がないと、飯盒炊さんの遠足は成り立たない。こんな思いの中で結婚式に出席したその夜、高校時代の別の友達から、今日の披露宴の様子を聞く電話がかかってきた。併設の短大を出てから、大手企業に就職して四年目の彼女は、明日の日曜日が雨の予報だと嘆いていた。毎週日曜日にはテニスコートを予約しているそうだ。仕事と自分の時間の両立ができているのは、羨ましい。今の香苗には、テニスをする気力も体力も残っていないと改めて思った。

十月初旬の〈野本さん事件〉に端を発して、「五組は遠足には行かなくてもいい」と、担任から突き放されたことは、結局、心ある複数のリーダーを生み出し、生徒たちの主体的な取り組みへと変化していった。そして、遠足の当日は、五組の担任になって以来、こんなに楽しい光景は見たことがないと思うほど、みんなの心が働き、体が動いていた。

翌日の朝の学級の時間に、香苗は心を込めて生徒たちに語った。

「昨日の遠足について私の評価です。昨日のみんなの様子を見ていて、本当に素晴らしいと思いました。100点満点で95点はあげられます！　この95点は、私が指示したことをやったから、付けたものではなく、あなたたち一人ひとりから成る五組が、ひとつになって取った評価です。思い出してご覧なさい。

私は、準備の始まる段階で起きた出来事をきっかけにして、

『五組は、遠足には行かなくていい』

と言いました。それなのに、クラスのリーダー役の人たちは、その言葉をうのみにせず、即、自分たちで男女混合の班を考えて、クラス会議に諮りましたね。みんなもリーダーの人たちの考えに理解を示して、班が決まりました。それからは、班ごとに係を決め、自分たちで献立を考えて、当日は、美味しい昼食をいただくことができました。片付けの段取りの良さは、施設の人が驚くほど、とてもよくできていました。でも、何故、5点減点さ

れたのでしょうか？」

　すると、滝沢が言った。

「電車の中で、ふざけたから！」

「その通り。この点では、私に注意を受けた人がいましたね。分かっているのなら、公衆道徳はきちんと守りましょう。集団で行動するときは特に、一般の方の迷惑にならないように！」

　香苗は、五組を心から褒めたのである。学級委員や班長の頑張りは、大いに認めて、みんなからも自然に拍手が起こった。

「四月以来、昨日ほど、楽しい日はなかったと思います！」

　香苗は野本の笑顔を思い出しながら語った。

　この遠足には三名が欠席した。女子一名は、前日の体育の時間に左手首骨折、男子一名は柔道でぎっくり腰、女子一名は風邪が治らず、やむなく欠席となった。その生徒たちの役割の穴埋めも、担任が口を出さなくても、班の中で上手に補完していた。

　当日は、電車で目的地に着くと、飯盒炊さんを行う場所まで、班ごとにオリエンテーリングをしながら集合することになっていた。四つのコースに分かれて時差を設けて出発する。日頃から、問題多発の五組ではあるが、定刻までにどの班も到着できた。四組と六組の生徒が道に迷って遅れ、他のクラスの炊事が進行し始めてからの到着となり、その担任たちをヤキモキさせていた。

班編成は、クラスによっては男女別の班もあったが、つくづく五組は男女混合になってよかったと思った。日頃は、男子対女子の対立もあったが、どの班も火の係の男子が薪を上手に割り、火はよく燃えて、おいしいご飯が炊けた。あの大山も、火の係として顔を火照らせつつ、最後の片付けまでしっかりと責任を果たした。カレーは幾分緩めのところもあったが、美味しさは変わらなかった。マカロニサラダや果物を用意する班もあった。鏑木の班は、生のサツマイモを持って来ていて、おき火の中に埋めて置いて、食後に掘り出して、美味しそうな焼き芋を食べていた。プラスアルファの一品に同じものはなく、班が一丸となって事前によく相談し工夫していた。どの班も、日頃からは想像できないほど、事前に作り、それらを完食していた。

「自分たちで作るとこんなにも美味しいなんて、大発見です！」

と、わざわざ伝えに来る生徒もいた。後片付けも、飯盒に付いているおこげに女子が苦労していると、男子が取って代わって洗う場面もあった。他のクラスも特徴があり、一組の生徒から、香苗はフルーツポンチをご馳走になった。その日の秋空のように清々しい一日だった。ドングリをたくさん拾って、人の背中に入れたり、頭からざっとかけたり……先生たちも生徒たちと一緒に遊んだ。

遠足の翌日は、朝から担任に褒められたことも手伝って、こともなく、明るく過ぎていった。この体験が、クラスの生活によい影響を与えることを期待しながら、〈平常運行〉の学校生活の日々に戻っていった。

十一月の上旬の夜、大岡先生から香苗の家に電話がかかってきた。この日、香苗は午後から「教育委員会指導室シリーズ」の編集委員として、教育委員会主催の編集会議に出席したため、そのまま直帰し、午後六時には自宅に帰っていた。大岡先生の電話は問題発生を連想させた。予想通り担任が出張でいなかった午後、五組の教室で、運動会の優勝カップが壊れたそうである。この優勝カップは兄弟姉妹学級として縦割りのグループで戦って優勝した、各学年の五組六組の連合チームの各クラスを、順番に三年生から回っていた。一年五組に来たのが、十一月になってすぐで、このあと六組に行くはずのものが、その前に壊れたというのである。まだ、一週間しかたっていない。ものを大切にできない粗野な面が否めないクラスである。九月に香苗がクラスに持ってきた鉛筆削りも、十月半ばには、使い終わった者が不用意な所に置いたため、何かの弾みで窓から下に落ちてメチャクチャに壊れてしまった。〈ものを大切にできない人は、人の心も大切にできない〉という主旨の話はよくしてきたが、効果は出ていなかったことになる。『よーし！　明日は、君たちが壊したものは何か』を、教えてやろう。『人々の手から手へと受け渡されて伝えられ、喜びを共有してきた優勝カップが、六組へは送ることができなくなった。運動会での連帯という思い出を六組は味わえない』ことを！

翌日、朝のあいさつが終わり、生徒たちの出欠を確かめて香苗が出席簿に記入していると、小声が聞こえてきた。

「おい、早くしろよ」

「谷川、お前、言えよ」

出席簿への記入を終えてクラスを見回すと、静かになった……。

それではと、香苗からおもむろに話そうとすると、

「はい！」

と、谷川が手を挙げた。

「何？　谷川くん」

と言うと、

「きのう……ボールをぶつけて……優勝カップを……壊しちゃった……」

と言った。

「どこを壊したの？」

と、香苗がカップの置いてある本棚の方に近づいていく間、みんなは、固唾(かたず)をのんで静かにしている。ところが、意外にも、本棚にあるカップは、以前から香苗が見ていたものと、何も違っては見えなかった。それを手に取り、

「なあに？　別にどうってことはないじゃない？　どこを壊したの？」

本当に、疑問であった。

「やったぜ！」

「土橋先生でも、分かんないって！」

と、喜びの声を上げ、

「朝、早く来て接着剤でくっつけたんだよ！」

と、誰かが言った。

壊したのは、カップの両側に付いている取っ手のような部分で、それもどちらが取れたのか、今はもう分からなかった。そこで、香苗はこのカップは何を意味するものなのかを話した。それを壊したこと以上に、一学期から、

「やめなさい！」

と言ってきた室内でのボール遊びの方を厳しく叱った。不器用な谷川が動くと何かが壊れる。室内でのボール遊びは、かなりの男子が関わっていたはずなのに谷川が〈ばれる〉ドジをしたのだろう。しかし、香苗が聞く前に、自分から言えたことに、谷川の成長を感じた。

「今日のところは、素直に申し出ただけでなく、自分たちで修繕できたことを認めて、厳重注意とします。でも、また室内で誰かがボールで遊んだら、今度こそクラスボールは、〈担任預かり〉にしますからね」

と言って、朝の教室を後にした。

大きな行事も終わったところで、授業態度の改善をテーマに話し合う機会を持ったせいか、今週はどの授業もよい雰囲気で進んでいるようだ。優勝カップを壊したことは褒められないが、そのピンチを乗り越えた谷川は、クラスに溶け込みつつある。この件があった

後のある日、香苗が教室に行くと、前の戸口のところに隠れていた谷川は、香苗が入ると目の前に潰れたゴキブリをいきなり差し出した。キャーとでも言えば、生徒たちは喜び笑いの種にできたのだろうが、あいにく香苗は、ゴキブリは平気な方で動じなかった。そのぶん谷川をがっかりさせた。このようないたずらはあっても、授業では注意を受けなくなっていた。

それどころか、自分から教科書やノートを出し、指名するとちゃんと答えた。悪態をついたときもあったが、今は、谷川もクラスに居場所ができたのだろう。あの頃のぶっきらぼうは、関わってもらいたかったからなのかな？　と今は思う。最近、香苗はクラスの生徒を愛しく思うことが多くなっていた。

今日の帰りは大岡先生と一緒に駅ビルの飲食店に寄り道をして、来年のことを話した。四月から上級生の仲間入りをするこの学年の未来を思うと、お互いに混沌とした気分になった。大岡先生も、最近、自分のクラスがたるんでいることに苦心していて、すっかりしょげて言う。

「私たちって、あの子たちに、自分たちの時間のすべてを使っているよね。まるで止まらない列車に乗っているみたいじゃあない？　ほっとする日がないもの」

「そうね。今、私にある時間は、ほぼ学校と生徒たちだけに使っている。私たちにできる最善を尽くしているのよ。今、手放せることが何かあると思う?」

「ない。男の先生たちはいいわよ。『鶴の一声』があるから。日頃、自由にさせていても問題が起きると、電光石火ガツンといくことで、生徒たちはあっけなく変わるんだもの。私たちは、いつもコツコツと積み重ねながら、先に進むしかないから、生徒たちに面倒がられても、話すこと聴くことで解決していくのよね」

「そうね。言葉の力で説得して、生徒自身の力を喚起し、自らの言動をコントロールさせるのよね。でも、私たち、こんなペースで、三月まで頑張るしかないでしょう。あーあ、何か楽しいことないかなあ。……そうだ、大岡さん、土曜日の午後、絵画館辺りに行かない? 明治神宮外苑のいちょう並木が半分は黄色く色づいているのではないかな……その下を歩いてみようよ。季節の移ろいを感じたいなあ!」

「いいわよ。少しは、気分転換になるかもしれないしね」


二学期が終わるまで、一か月を切ったある日、三校時の二組の書写の授業が終わり職員室に向かって廊下を歩いていると、反対側から香苗の方に歩いてくる江口の姿が見えた。

国語の時間より持ち物が多い書写の時間の後なので、そのまま職員室に入り、書道半紙の箱を印刷室の棚に置きに行こうと廊下に出た。すると、平野という大人しい男子生徒が立っていた。目立たないけれど勉強がよくできるので、皆から一目置かれている。

「土橋先生、江口がこれを先生に渡してくれって」

と言って、折りたたんである紙を香苗に渡した。その紙はクロッキー帳を一部分破ったもので、開くと太い鉛筆でこう書いてあった。

ぼくは、この学校をやめる。
ぼくは、月よう日におかあさんのたいせつなお金をとった。
ぼくは、どろぼうをした。だから、この学校をやめる。
ぼくのうちもでていく。　　江口俊彦

香苗はびっくりした。これはどういうことなのか、ふざけているのか、本当なのかも分からないので、平野にすぐ江口を呼んでくるように頼んだ。江口は、嫌がりながらも平野に連れてこられた。あの下田とのケンカの仲裁のときにも使った、放送室の奥の小部屋に入れて、話を聞いた。

書いてあることは、本当のことだった。つまり、先週の月曜日、家の二階の部屋にあった給料袋から一万円を盗り、それで本を買ったり、食べ物を買ったりしたら、その日のうちに母親に見つかり、叱られたというのだ。母親を通して父親の知るところとなって、「出て行け！」と言われたという。香苗が、

「こんなことしたのは、今回が初めてなの？」

と聞くと、

「……四回目」

だという。小学校の時に二回、中学校になってこれが二回目で、前回の時も一万円くらい盗ったそうだ。これだけのことを引き出すのも並大抵のことではなかった。四校時は既に始まってしまったので、昼休みにまた来るように言って教室に戻した。香苗は、江口がやったことに、驚き、落胆しつつも、別の思いもどこかにあった。あの口の重い江口が、自分の犯した過ちを自ら担任に〈手紙〉の形で知らせ、学校を辞め、家出もすると告げてきたのである。言ったら叱られることはあっても、褒められることなどないのに、決行す

る前に、香苗を思い出してくれて言ってみようと思ったことに、ちょっと救われた気がした。と同時に、他の事象に手を取られて、見守りの必要な生徒との関わりが薄かったことを反省した。あれは、四月の頃だった。学区域外の小学校から入学してきた無口な江口は五組の生徒たちにとっては、未知の存在として関心を持たれていた。ある日、言いたい放題の大山のターゲットにされ、給食の時間に、出身小学校の名前で、からかわれたことがあった。すると、江口は、いきなりフォークを手に大山に飛びかかったのだ。身の毛もよだつ驚きで、香苗はそばに駆けつけたが、近くの席の男子たちが、大山と江口をそれぞれ引き離してくれた。しゃべらないだけに、ちょっかいをかけられると暴力で応じ、それを面白がる悪童たちとはケンカになることもあった。その挙句、教室にはどうしても戻らないという〈ストライキ〉に出る。香苗が言っても頑として動かない。そんなときは、気持ちが落ち着くまで一人にしてやった。窓から外を見ながら泣いている姿が切なくて、香苗も無力感に押しつぶされそうになる時があった。

その江口が、二学期になると、仲が良い下田との一件以外には、特別な出来事は、起こさなくなった。周りも江口の個性を理解し始めていたし、下田という友達が出来たこともプラスに働いているのだろう。

四校時の授業を終えて、職員室に降りてくると、既に江口は廊下に立っていた。さっきと同じ放送室の奥にある小部屋に座らせて、筆記用具を用意して、今の自分の気持ちを両親宛の手紙にしたためるように言った。それを書かせている間に、江口と香苗の分の給食を取りに五組の教室に急いだ。給食委員に、きちんとみんなで食べるように言っていると大山が近づいてきて、

「先生、江口は何かやらかしたの？」

と、勘よく聞いてきた。手紙の内容は誰も知らないはずである。クラス全体の雰囲気は落ち着いていて、大山の質問も、興味津々という感じではなかった。

「個人面接よ。先生たちは研究会で今日の午後は出掛けるから、これから面接。大山くんも面接をしたい？」

「いえ、結構です！　僕、悩みはありません」

飯盒炊さんでの活躍以来、大山はクラスへの帰属意識が芽生えたのか、周囲とも穏やかな関係を築きつつあった。授業中の多動多弁も、影を潜めてきていた。

二人分の給食を両手に戻ってくると、江口は、まだ、何も書いていなかった。

「お腹がすいては、いい言葉も浮かばないでしょう。まず、食べましょう！」

と、向かい合って給食を食べながら話した。

「家出したって、たちまちお金に困るわよ。今度は、他人のものに手を出して、警察のご厄介になるかもしれなかったし……」

「……」

「それにしても、先生に〈手紙〉を書くのは、勇気がいったでしょう？」

「……」

「学校に来ないで、何をするつもりだったの？　学校に来ると友達もいるし、楽しいでしょう？」

「……」

「そうか。先生が何を言っても気持ちは変わらないってわけね……分かった。どうしても家出すると言うなら、先生の家に来なさい！」

するとと、江口はニコッと笑って首を左右に小さく振り、やや明るい表情になってきた。

「えっ？　それは、嫌なの？……じゃあ、今日は、先生たちの研究会があって、生徒の居残りはなしになるけど、ちゃんと家に帰ることを約束してよ。どうなの？　できる？」

「……約束する」

江口が、声を出して返事をした。

「本当？　嬉しい！　本当ね？　自分からお母さんに、このことを謝れると、一番いいんだけど。でも、無理に今日でなくてもいいから、反抗的な態度だけは駄目よ。先生に書いたように、お父さんやお母さん宛てにも手紙が書けるといいね。そうすると、先生もお母さんに会って、口添えしてあげるから」

「……」

「分かったのかな？　言いたいことがあったら、どうぞ。……お金を盗ったことは絶対に認められないけど、自分からこうして相談に来たことで、問題を解決する第一歩を、江口くん自身から踏み出して、すごく良かったと思う。次は、今日その手紙は必ず書いて謝るのよ。きっと、今のあなたならできるから」

江口は頷いて、食べ終わった二人分の食器を一緒に持って教室に戻って行った。香苗は明日にでも江口の家に電話をしてみようと思っていた。

同じ週の半ばには、大学時代の親友の結婚披露パーティーが千代田区のホテルであった。平日の木曜日なので、午前中の３コマの授業をしてから、午後は休暇を取った。江口の件は落ち着いてきてはいるが、まだ、関わっていかなくてはならない時に、半日とはいえ担任が不在になるのは心配であったが、副担任の窪田先生にお願いして学校を出た。

六時過ぎに始まった会は、立食式で新郎の招待客が多かった。会場は暑く、九時を過ぎてもお開きになりそうになかった。サーモンピンクに少し黄色がかった色のドレス姿が綺麗な花嫁に挨拶をして、親しい友達の四人は、先に失礼することにした。香苗にしてみると、授業後からは、慌ただしく準備をして会場に駆けつけ、ずっと立ったままだった。草履で歩く足が痛い。明日は明日の学校生活がある。金曜日に向けてイメージトレーニングをしながら帰路についた。

十一月も下旬になると、一週間が早く過ぎるように感じる。十二月になる前の放課後に五人ずつ、個別に中間考査の点数表を渡して、一言アドバイスをすることにした。その週の月曜日に、

「今日から出席番号順に五名ずつ、放課後、担任からの一言付きで点数表を渡します」

と言っただけで、その順番のプリントの配付もしていない。だから、うっかり忘れて帰宅する生徒もいた。ところが、点数表をもらっても、決して嬉しくないだろうと思う生徒たちが、自分の番の日には、嬉々として取りに来るのである。今日も掃除が終わって、職

員室の自席の椅子に、やれやれという思いで座るや否や、

「先生、来ました！」

と、滝沢がやって来た。

「え？　何？」

香苗が少々慌てて振り向くと、

「先生、やだなあ、僕20番だよ」

今日の順番は、20番から男子の最後までの日だったのだ。掃除が終わったばかりで、香苗の方の準備が、まだできていなかった。成績の芳しくない生徒たちにとっては、耳が痛いはずの時間なのに、このタイプの生徒たちの中には、順番の日を忘れる者はいなかった。むしろ、緊張感をもっていて、

「もう、点数表をもらった？　俺、今日なんだ」

と話しているのを耳にしたりすると、何か共通するものを感じた。それは、誰も特別扱いされていないという公平感なのであろうか。みんな勉強は好き嫌いを超えて、できるようになりたいのだ。生活上の問題が多く発生して、その指導に時間を取られてきた五組であった。しかし、学校生活のほとんどが授業時間である。分かるとか、できる楽しさを実

感しながら、自分から興味・関心をもつ授業を受けたいのだ。香苗は、改めてクラスの生徒一人ひとりに対して、これまでの先入観は捨てて、今の心の姿勢を洞察する眼差しを持ち、その可能性を信じて接することを肝に銘じた。

冬休み中に新年を迎え、学校の一年間で一番短い三学期が始まった。一月は「行く」、二月は「逃げる」、三月は「去る」と言われるように、別れが見えてくる最後の学期の三学期は、心新たに始まる。そして、まさに〈光陰矢の如し〉に過ぎていく。五組では、最初の学級活動の時間に、今年の抱負を学習面と生活面とに分けて全員が書き、後日、教室内に掲示した。努力や継続が苦手な生徒も、三か月足らずの長さならば、目標が達成できる可能性が高い。その努力は、進級する四月のスタートの効果的な助走にもなるはずだ。

〈今年は漢字テストに毎回合格する〉

〈提出物忘れをゼロにする〉

などの具体的で、結果が望めそうな願いを、それぞれが書いていた。そんな中、

「身長を10センチ伸ばす」

と書いた男子生徒がいた。

「身長は、短期間に自分でコントロールするのは、難しいんじゃあない？」

と、机間巡視しながら香苗が言うと、

「そのために、牛乳を毎日1リットル飲みます」

との返事が返ってきた。周囲の生徒たちが、

「えっ！　それって、こういう時の目標にすることじゃあないよ。教室に貼りだすんだよ」

とか、

「自分の家に貼った方が忘れないよ」

などと言われ、本人にも迷いが出たようである。よい習慣を身に付け、得意を伸ばし、苦手を克服するような目標の設定を考えていた香苗であった。しかし、この生徒にとっての〈喫緊の課題〉が、身長を伸ばすことにあり、それは、所属するクラブでレギュラーになるための体力強化の一環だということらしい。

「じゃあ、学習面でも、何かを伸ばすために、毎日これをするってことを考えて具体的な目標にしてはどう？」

と、香苗が助言した。生徒たちは、心と体と頭を鍛え、大きく成長し変化する思春期真っただ中を生きている。しかし、そのための優先順位には個人差があり、担任が好ましい

と思うものばかりではなかった。しかし、目標のための目標ではなくて、ともかく、一年生最後の学期なのだから、目標を絵に描いた餅にすることなく、〈昨日より今日、今日より明日〉と前進していく日々のめあてになる目標設定を一人ひとりができるようであってほしい。学級開き以来、問題、課題が多く発生した五組であっただけに、伸び残しの大人しい、真面目な生徒もいると思っていた。新年を迎えて一人ひとりの生徒が、自らの〈向上〉を考える、このような時間が持てること自体が、香苗には嬉しかった。

一方、香苗自身の目標はというと、三月の学級の別れを見据えていた。昨年度のような副担任であっても別れの季節は深く心に残り、印象的な時間であった。五組は初めて担任したクラスである。加えて、事多いクラスで、全力投球しても十分な結果が付いてきたわけではない。それでも、入学の頃よりは、個人も五組も進歩し、成長しているし、生徒との絆は強くなってきたと思う。学校の一日が始まると、生徒が下校するまでは、〈臨戦態勢〉である。生徒がいなければ、さまざまな会議、事務的な仕事、次の準備があった。そんな日々も、大岡先生とお互いに共感をもって話す時間があったからこそ、何とかここまでやって来られたのだと振り返る。この一年間の記憶を呼び覚ますようなひとかけらでも、残しておきたいと強く思った。そして、

（私の三月までの目標のひとつは、学級文集を作ることにしよう）

と心に決めた。これ以降も、香苗が担任するクラスは、最後に文集を作るようになった。文集作成を決心すると、早めにクラスに話して、一人ひとりに用紙を渡さなければ、書くことが苦手な生徒たちの時間切れが心配である。

香苗にとって、担任一年目の必死の日々は、生徒たちにとっては、中学一年生という一生に一度の日々だった。この時を永遠の時間の一部に残すために、一冊の文集にまとめたいと思った。と言っても、思い出をそれなりの長さの作文として書ける生徒は、おそらく、多くはいないだろう。この文集は、全員が書くことに意義がある。一人がB４判４分の１の用紙なら、サイン帳のような使い方の生徒がいても、中学一年生の時の字で書かれたものは、内容とともに思い出になるはずだと考えた。

ところが、このような香苗の心配は杞憂に終わったのである。彼らは、小学校の卒業アルバムとともに、卒業文集も経験していた。今回はクラスの手作り文集になるが、イメージがある分、全員がすぐに理解し、賛同した。

個人用のB４判４分の１の用紙では、少ないという予想外の意見が出て、一人B５判１ページずつということになった。学級委員と議長団の生徒たちによって、原稿を書く用紙

が用意され、書き方の説明があった。学級委員の原は、

「まず、これは、先生も言っていたように、一生残るものなので、人の悪口や本人が嫌がっていたあだ名などは、絶対に書かないこと。学校でわら半紙に印刷するので、班に一本ずつ配る黒のフェルトペンで清書してください。鉛筆だと薄くてそれを印刷すると、読めない部分が出やすいそうです」

　続けて、

「全員揃わないと印刷はできないから、期限は守ってください。学年末考査の一週間前を締切りにします」

「えっ！　学年末考査ってあるの？」

　大山が、びっくりして、声を発した。

「お前、先生の話、聞いてないいんじゃあないの？　三学期だけテストがないわけないじゃん。小学校じゃあないいんだよ！」

　石崎のこの言葉に、大山が言い返した。

「お前に言われたくない！」

　他の生徒たちが、どっと笑った。そこには、寛容さが感じられ、別れを前に、五組に求

心力が働いているようだ。全員の寄せ書きのページも作ろうという意見が出て、一人ひとりが書いた原稿をページに組む作業や印刷、とじ込みなどは、学年末考査が終わった三月の土曜日の午後にすることになった。各班から手伝いの生徒を出してもらうなど、作業過程の段取りは、上々である。印刷機は、もともと生徒には使わせないことになっていた。だからと言うよりも、濃さを調節しながら、印字にムラを出さずに香苗自身が印刷したかった。

原稿が集まってくると、予想通り、サイン帳のように、好きな漫画の登場人物や絵を描いて一言添えている生徒もちらほら見受けられた。けれども、自作の詩を載せた生徒や、自分のプロフィールを紹介する生徒たちの原稿からは、今になって新たな一面を知り、相互理解を深める機会にもなった。五組らしく、個性豊かなページが組まれ、全員が書いたものを、そのまま印刷し、冊子は三月の別れの前に出来上がった。作文集とは言えないが学級文集の名前は、一年五組にちなみ『いちごの仲間たち』とした。表紙の題名は、香苗が毛筆で書いた。これは、香苗から五組のみんなへのプレゼントでもあった。時に、悩みの種であり、時に心の輝きでもあった一年五組の生徒たちに、別れを告げる巻頭言も香苗が書いた。初担任の一年間、香苗は大岡先生と悩みや辛さを何度も語り合い、共感し、時

には、

「いつ辞めてもいいよね」

と開き直り、弱音を吐き、それでも、

「もう少しだけ、頑張ってみようか」

と、次への糧に変えてきた。だから、ためらう気持ちもあったが、中学校三年間の教育課程を、若いうちに担任として経験し、先が見通せる一人前の教師に一歩でも近づきたいと思った。もちろん、自信があったわけではないし、並大抵の努力ではやっていけないことも分かっていたが、二人共、〈あえて踏み出す〉自主性は、萎えていなかった。そこで、来年度は、この学年の持ち上がりを希望し、ついには、最高学年の三年生まで担任として関わり、見届けたのである。


中だるみの二年生、進路選択の三年生においても、多くの喜怒哀楽があり、生徒に教え、生徒に育てられた香苗たちであった。そして、彼らの卒業とともに、香苗と大岡先生も、教員としての、さらなる成長や飛躍を求めて、それぞれ異なる新しい環境の他地区の中学校へと異動していった。

香苗にとって一年五組は、一枚一枚の葉に光沢があって硬く、一年中繁っている、金木犀の木のような印象が残った。初秋の一時期だけ、多数の橙黄色の小花が咲くと、誰もがその存在に気づく芳香を放ち、〈黄金の木〉に変身する。まもなく落花した小花たちは、そこだけ地面の色を変え、目を引く余韻の美しさがある……。香苗は思う。自分は、『ぴこん氏』の対極にいる担任であったと。それは『ぴこん氏』が、細かく指示することなく、副担任の香苗に、自力でやる経験をさせたことと無縁ではない。試行錯誤を通して、その経験から学び、知恵にできたから、その後の指導の底力になったと思う。

自ら考えて、実践可能なことは何でもやる。香苗が担任や教科担当であったために、生徒たちに、損な思いはさせたくなかった。

生徒集団は、膨らんだり萎んだりしながらも、人間関係の密度は濃くなり、質的にも向上できるものなのだ。その中で生徒たち一人ひとりは、自分で育つ力を身に付けて成長する。巣立ちの姿を見届けた今、そう振り返った香苗であった。

新しい環境には、どのような出会いが待っているのだろうか？

期待と不安の入り交じった初めての異動は、香苗の背中を、前途に向けて、力強く押し出した。

第二話　風　花

四十六歳の香苗が校長として着任した並木学園は、幼稚園、小学校、中学校が同じ敷地内にあった。校庭やプールなど、共用施設もあるが、合同の行事は運動会のみで、平常は、各校種ごとの教育活動を展開していた。職員室は、それぞれの校舎内にあり、小学校の事務室の一角に、学園の施設・設備の管理や地域との連携を推進する学園事務所が設置してあった。

それは、二期制の並木学園中学校の後期中間考査二日目のことだった。文化的な行事で学校中が、生徒たちの熱量で活気にあふれていた十一月が終わり、師走の訪れとともに、学校は活動的な〈動のモード〉から、個の学びの充実を図る〈静のモード〉に切り替わっていく。受験のある学年は言うまでもなく、他の学年も、これからやって来る冬の間は、学校の一年間の締めくくりであると同時に、来る新年度、新学年に向けて自分の根っことなる力を養う期間でもある。その切り替えがこの中間考査と言ってもよい。今年度の後期の中間考査は、土曜日に始まり日曜日を挟んで、月曜日の今日は二日目にあたる。試験期間は全学年が同じでも、試験の科目数や試験時間が異なるので、出席点呼の時間も、学年によって違った。いつも通りの八時もあれば、八時十五分の学年もあるし、一時間目には試験がなくて、登校時間は、二時間目からという学年もある。

平常授業の日なら、全校一斉の朝読書の時間帯には、職員室は空っぽになり、管理職も今日の学校生活のスタートの様子を見に校内巡視に出る。

しかし、試験期間の今日は違っていた。通常の点呼の時間になっても職員室の座席近くに立ったり座ったりして、忙しそうにしている教員たちや、ミーティングを行っている学年もある。職員室の中ほどの窓を背にした教頭席には佐竹教頭の姿があり、パソコンを覗き込んで何か作業をしている。

（じゃあ、私は平常運行でいこう！）

と、心の中で呟き、香苗は校内巡視のために職員室の校長席を立った。

他の生徒たちよりも早く登校して、一日の爽やかな始まりのために、環境整備を行う、生徒による学校週番活動も試験期間中はない。香苗は、各階の廊下や踊り場の窓を少しずつ開けて、空気の流れを作ったり、休み明けの生徒用ロッカーの上の花鉢などに水をやったりしながら、教室内の様子を見て歩く。この朝の校内巡視というルーティンワークは、香苗が管理職になってから、どこの学校に着任しても継続している、楽しみな時間でもある。教室内は、一時間目のテスト科目の確認を、自席で黙々と行っている生徒たちばかりのクラスもあれば、前後左右の友達と問題を出し合う賑やかなクラスもある。香苗の姿を見て、教室から笑顔で会釈をする生徒もいる。が、どこの階の廊下にも生徒の姿はないし、先生たちの姿も同じくないが、いずれの学年も〈試験モード〉に包まれていた。

香苗の歩みが、校舎の旧館から新館を繋ぐ短い渡り廊下近くに来た時である。グラウンド側から正面玄関に入る通路を外れて、学園の施設を担当している里山(さとやま)さん始め、二～三人の職員が、一直線に渡り廊下を目指して駆け込んで来た。そして、腰の高さほどの渡り廊下沿いの仕切りにある扉を開けて、そのまま突き抜けて中学校の校舎の裏側へと出て行ったのである。この扉に鍵は掛かっていないが、生徒の出入りには使用していない。思わず、

「ここを通って行くのは、不審者ですよ！」

と、香苗は後ろ姿を追いかけるように声を掛けつつ扉を閉めたが、走り抜けた人たちは、あっという間に消え去っていた。いつもなら、声掛けに応じて、軽く冗談を言うくらいの

人たちである。香苗は、（何を急いでいるのかしら⁉）と思いつつ、新館の巡視を終えて旧館に戻り、一階の廊下を職員室の方へと歩いていると、池田事務室長がこちらにやってくる姿が見えた。

「校長先生、私の知り合いの学園事務所の職員が、今、個人的に受付に来て教えてくれたのですが……」

と、地域連携担当にかかってきた一本の電話の内容を報告した。

「学園の向かい側のマンションの方から、『女子生徒が五階の外に出て立っている』という電話があったのだそうです」

「えっ！　それで、慌てて職員の人たちが、校舎を回らないで、途中の渡り廊下を突き抜けて走って行ったのね。私が声を掛けても、いつもとは違う雰囲気で返事もしなかったのよ。それで、どの建物のことかは分かっているの？」

「分からないから、慌てて捜しているみたいですよ」

香苗はすぐに、一番近い東側階段昇降口から校舎の裏にあたる北側に出た。そこでいきなり息を切らして走ってきた学園事務所職員の須賀（すが）さんにばったりと会った。

「見つかったのですか」

香苗が聞いた。

「大急ぎで各建物を見たけれど見つからないんです。通報してくれたマンションの方の部屋から見えるのは、おそらくこの旧館なので、再度校舎の裏に回ってみようと言って、今、来たところです」

西側昇降口の方に眼を向けると、先ほどの里山さんたちが上を見上げて立ち止まってい た。須賀さんと香苗も、今立っている東側から校舎の上の方を見上げた。そこには、いつもの空が広がっている。けれども、校舎の北側はちらちらと風花の舞うような冷たい風が吹いていた。

「あっ！　見える！」

香苗の眼に、耐震補強の斜めの鉄柱に遮られて、体の下の方は見えないが、人の上半身が見えた。五階は高く、里山さんたちが見上げている真下からよりも、香苗たちのいる斜めからの方が、その姿は見やすいのだろう。制服を着た紛れもない本校の女子生徒である。

（まさか、うちの生徒が！）

身のすくむような衝撃が走った。地域からの一本の電話を受けた職員の須賀さんや、事務所の人たちが、事実確認に手分けして敷地内の建物を見て回ると同時に、事務所に残った職員は、この一本の電話の情報を、すぐに学園内の各校種の長にも知らせてほしかったと、後で香苗は思った。電話の内容の真偽はともかく、各校がそれぞれ管轄する校舎を手分けして確認するように指示を出す方が、事は早く進む。校内巡視を通常通り行っていたために、何かいつもと違う状態に鉢合わせした香苗は幸いだった。そのため、学園が電話を受けてからの動きと、時間的な誤差はほぼなかったからである。

もちろん、この時点でこのようなことを考える余裕はなく、『あの女子生徒は誰だろう。どうしてこんなことになったのか?』という疑問が、香苗の心の内を占め、この難題をどう乗り越えるかと考えながらも、体が先に動いていた。

西側の里山さんたちに合流すべく、香苗たちも急いで生徒が立っている五階西側の真下に移動した。その時、須賀さんが上に向かって、

「大丈夫だからな。おじさんが今行くから、動くなよ。今、行くからね」

と、いきなり大声をはりあげたのである。この〝おじさん〟という自称の呼びかけに、香苗はびっくりした。と同時に、里山さんたちには、下から声を掛け続けてもらうように告げて、西側昇降口から五階を目指した。香苗は、階段を昇る前に、一階の職員室の方に走り、途中で出会った数名の教員に、体育館のマットを出せるだけ持ち出して、校舎西側

の裏に敷くよう指示をしてから、須賀さんを追いかけた。

（今朝の巡視の時は、どの学年もテスト対策で廊下に出ているような生徒はいなかった。あの生徒は誰なのか、今日は二時間目から始まる学年はないが、八時十五分の出欠確認がまだ終わっていない学年の生徒だろうか。このような危険な行為に及ぶほど、悩んでいる生徒がいたとは……）

　と、五階まで駆け上がりながら、ピンとくる生徒が浮かばず、香苗の思いは、ぐるぐると頭の中を巡るだけだった。


　生徒が立っている庇は、音楽室の奥にあるピアノ室Eの部屋の窓の所で、校舎の一番西側の角の場所である。普段、生徒たちが自由に練習できる五階のピアノ室へ通じるドアには、内側から鍵が掛かっていた。他に出入り口はないのかと、うろうろしていたところに、数人の教員たちも上がってきて、音楽室の奥のドアから、ピアノ室に続くドアを開けることができた。一番西側のピアノ室Eを覗くと、窓の外に人影が見えた。

（ああ！　まだ、居てくれた！）

　しかし、この部屋の窓には鍵が内側から掛かっているので、ここから外に出たわけではない。隣のピアノ室Dを開けようとすると、施錠されていた。おそらくこのD室に入り、内側から鍵をして窓を開け、外に出たのだろう。香苗たちは、階段を駆け上がり、息を弾ませながらも、次はどうするかという難題を前に、息を殺して見つめ合った。お互いに囁くような声で、

「ここから……庇へ……出たのですね……」

「内側から鍵を掛けるということは、他の人との関わりを拒絶している……本気だと思う……」

と、香苗が話す声も、息の乱れと緊張から、途切れがちになる。その時、

「ここで声を掛けることが、かえって生徒の背中を押すことにでもなったら……」

と、躊躇する言葉を須賀さんが口にした。

「……でも、『おじさんが行くから待ってて』とさっき言ったのだから、須賀さんが最初に声を掛けるのは、とても自然だと思う……」

と、香苗は言った。そこには、須賀さん以外に、中学校の職員室から駆け付けた佐竹教頭と、二名の教員も緊張した面持ちで立っていた。後刻、香苗はこの時の自分の言葉に慄いた。須賀さんは、香苗が管轄する中学校の職員でも教員でもないからである。ワンキャ

ンパスに、幼稚園から中学校までがある並木学園の、施設や環境の諸事務を統括する学園事務所の職員である。その人に向かって、中学校校長の職務命令とも捉えられかねない発言で、もし、須賀さんに何かあったら、この危機が招く不幸は、一層広がる可能性もあった。

「生徒は誰なのか……分かるの？」

香苗が教員たちに聞くと、

「うちのクラスの浅井（あさい）です」

と、牧山教諭が答えた。今日は八時十五分出欠確認の学年である。担任に聴きたいことはたくさんあるが、まずは身柄確保が先決だ。今、人影が見えるすぐ後ろの窓を開けると、反射的に飛び降りる可能性は予測できる。そこで、生徒が入口のドアに内側から施錠したものと思われるピアノ室Ｄの、さらに隣のピアノ室Ｃに移動すると、ドアの鍵は掛かっていなかった。ここから中に入り、須賀さんがそっと窓を開けた。そして、精いっぱいの落ち着いた声で、生徒に話し掛けた。

「おじさんが来たよ。もう大丈夫だからね。動かないでよ。怖かったね。動かないでよ。今行くからね」

生徒は終始無言である。その体が校舎の窓側に寄り掛かっていることに気づいた須賀さんは、（この時がチャンスだ）と思ったという。庇に飛び降りて、ゆっくりと生徒の方に近づき、まず、生徒の腕をとって向き合うように抱き付いた。浅い窓枠にかろうじて指先をかけて、その身柄を確保した。香苗は、生徒の影が窓ガラス越しに見えるピアノ室Eに入って待機し、全身を耳にして須賀さんの動きを想像していた。身柄を確保した様子を窓ガラス越しに察知したら、すぐに窓をそっと開けた。ピアノ室に凍るような風が吹き込む。香苗は、生徒の左の二の腕を右手で摑むと同時に、冷たくなっている手を左手でしっかりと握った。

「浅井さん、よく待っていてくれたわね。怖かったでしょう」

と、声を掛けた。下を見ると何枚もマットが敷かれていた。教職員が小さく見え、

（何という高さだろう！）

と改めて生徒が立つ場所の危うさに驚き、広くはない庇の幅に、どっと不安が湧いてきた。ここで、もし生徒が須賀さんの方へ倒れ掛かったら、窓枠にしか手をかけるところのない須賀さんは、おそらく生徒と共に転落することになる。何とか無事に校舎内に連れ戻さなければならない。生徒を中に入れるには、もう一人庇に出た方が良いが、今ここにい

る担任と谷口学年主任は、緊張で表情はこわばっている。その時、

「佐竹教頭先生、手を貸してください」

と、須賀さんが声を掛け、佐竹教頭も快諾して、すぐに庇に降りようとした。ところが、跨ぐときに履いている上履きが窓枠にかかり、一瞬体のバランスを崩しそうになった。

（危ない！）

と、香苗は心の中で叫んだ。こういう時は、靴は脱いで行った方がよいことに、誰も気づく余裕はなかった。香苗は生徒の左の腕や手をしっかりと取って、佐竹教頭の動きを見守った。教頭は庇を歩いて、D室の窓からまた中に入り、施錠されていたドアを開けて、他の二人の教員を中に入れ、重いピアノの椅子を一緒に庇へ降ろした。次に、須賀さんが椅子まで生徒を移動させて、椅子を足場にして、室内に引き入れるという段取りである。それくらい庇は窓から低い位置にあった。須賀さんと佐竹教頭に加えて、谷口学年主任も庇に降りて、外から生徒の体を支えながらピアノ室内に押し上げた。担任は、ピアノ室の中側から、生徒の体を引き入れるという力技の末に、校舎内に生徒の体が入り、無事に救出することができた！　大人の男性、四人がかりの連携の成果である！

いつの間にか佐藤養護教諭が車椅子をもって音楽室まで来ていたので、生徒を座らせ、一旦は保健室に連れていくことにした。生徒は無言でうつむいていた。車椅子は、既に谷口学年主任が両方の取っ手を持ち、押していく態勢をとっている。

「先生、一緒にエレベーターに乗ってくれる？」

と、香苗が佐藤養護教諭に言った。

「えっ？　私がですか？」

と、素っ頓狂な声で聞き返した。エレベーター内で該当学年の教員と女子生徒が二人になる気まずさを避けるには、ワンクッションおける人がいた方が、緊張の緩和になるのではないかと思って言ったのだが、その意図をここで説明するわけにはいかない。香苗は、

「じゃあ、いいわ。私が一緒に行きます」

と、エレベーターのある東側の階段方面に、うなだれて乗っている生徒の車椅子と共に歩き出した。五階の各教室では、一時間目の試験が始まっていたが、車椅子と香苗たちは、音もなく西から東へ廊下を歩いた。エレベーターには、香苗が最初に乗り、車椅子に座っている生徒と向き合ってしゃがみ込んだ。膝の上の両手を取り、

「辛いことがあったのね。でも、よく踏みとどまったね。あなたとこうして話せるのは、

とてもうれしい！　学園の職員の方が、助けてくださったのよ。良かったわね」

　香苗が生徒の顔を下から見上げてこう話しかけると、これまで、一言も発していなかったのに、初めてワッと泣き出し、声をあげてしゃくり上げ始めた。車椅子を押す谷口学年主任が、生徒と二人だけになるエレベーター内で、優しく声を掛ける余裕があるとは香苗には思えなかった。現にこうして生徒が命の危険を脱しても、学年主任は起きたことの重大さから、相変わらず青ざめ硬い表情でいる。彼自身が、この衝撃を真正面から受けて、心の動きが止まっているかのようだった。

　生徒が飛び降りようと思いつめた気持ちや、不安を解きほぐすには、泣くことが有効だと香苗は思っていた。涙には心を浄化する作用がある。

　エレベーターの到着を一階で待っていた担任の牧山教諭に付き添われて、生徒は泣きながらひとまず保健室に落ち着くことになった。そこでも、改めて、香苗は車椅子の前に跪き、手を握り、静かに声を掛けた。

「浅井さんが、もし転落していたら、悲しむ人がたくさんいるのよ。まず、私がとても悲しい。あなたは私の大切な生徒だもの。命はあなた一人のものではないのよ。いろいろな人があなたのことを大切に思っているの。辛いことがあったのでしょう？　それでも、命を粗末にするような行動をしては駄目なの。授かった命を生きなくてはね。辛いことに押しつぶされては駄目。あなたの人生は始まったばかりなのよ。浅井さん！　これからなのよ！」

涙に濡れた眼を香苗に向けて、じっと聴いていた生徒は、小さく頷いた。

一階には、学園からの通報を受けて、三名の警察官が到着していた。不審者対応の防犯訓練で不審者役だった人や、安全教室の講師としていつも来校している顔見知りの人たちである。学校と生徒が直面している危機に際して、目立たないように私服で来校したそのときには、幸い最大のピンチは回避していた。校長室で出来事の顚末についての聴き取りがあり、校長、佐竹教頭、担任の牧山教諭で対応した。

その後、中心となって聴き取りをした警察官が、

「校長先生、本人と直接話させてもらえますか。それから、もちろん親御さんには連絡していますよね」

「はい。母親が、今、学校に向かっています」

と、担任が答えた。香苗は、

「本人への聴き取りは、保健室でお願いします。私が立ち会いますので」

と言い、共に保健室へ行くと、生徒はベッドで横になっていたが、もう泣いてはいなかった。他の警察官は応接室に移動し、学年の教員から、生徒の周辺の事情の聴き取りが行われることになった。

警察官の本人への聴き取りの語り口は優しく、時に生徒がリラックスする面白い話も出しながら、今日の行為の引き金になったことを明確にしていった。

生徒とのやり取りを聴くことで、香苗はこの生徒の過去の出来事を思い出すとともに、試験二日目の朝の動きを知ることができた。

在籍する生徒の中には、同姓の生徒が複数いる学校である。香苗は自分用に全校生徒の学年別・学級別名簿をノートに張り付けて、学年や学級から報告のあった出来事は、良いことも心配なこともメモを残していた。そうしなければ、成長過程を念頭に置いて、教員に指導の助言はできない。この生徒については、夏休み明けに、こんなことがあった。教室での出欠確認までに、欠席連絡はなかったのに、本人が登校していなかったのである。担任が家庭連絡をすると、家は出ているという。そこで登校を確認後、家庭に連絡することにした。まもなく、

「すみませんでした。公園にいるのを見つけました」

と、家庭から連絡があり、今日は休ませるということだった。ところが、この件の実際は、雨が降る歩道橋の上で、傘もささずに立ち続けていた生徒の姿を、不審に思った通りがかりの人の通報により、警察に補導されていたことが後日、分かったのである。学校生活では、他の生徒に迷惑を掛けるようなことは、一切なかったし、教科によっては、学年内でも上位の成績を収めている生徒であった。しかし、学級内の友達よりも、趣味や興味の合う部活動の友達との関係を、楽しんでいる生徒だという。この出来事から、ひょっとしたら何かで、生きづらさを感じていることも懸念されたので、スクールカウンセラーにも関わってもらうことにした。後日、カウンセラーからは、

「医療機関への受診と、気持ちが不安定な間は、登下校時の保護者の付き添いをお願いしたらどうか」

とのアドバイスが担任にあり、家庭の協力を得ていたはずである。

しかし、事が起きた今日、後で担任の牧山教諭から聞き、香苗が初めて知ったことであるが、十一月二十八日付で、『約一か月の自宅療養が必要』との診断書が提出されていた。傷病名はうつ病、『意欲、気力の低下や食欲の低下、不安症状がある』という理由であった。

思春期の生徒の欠席は、身体の不調だけではなく、人間関係が絡んでいる悩みということもあり、早期発見と初期対応が求められる。一か月というと十二月の登校日は、ずっとということになる。担任はその診断書を受理しながら、中間考査の一日目と、そして、二日目の今日も、本人が登校をしていることについて、直接、話す機会を持っていたのであろうか。このことを尋ねると、

「医者から、本人が行ける日は、学校に行ってもいいと言われたと、保護者からは聞いていました」

と、担任は答えた。この『行ける日』とは、試験期間中に関しては、保護者の『行ってほしい日』だったのではないだろうかと、香苗はふと思った。

生徒は、前夜は寝付けなくて、今日は来たくなかったが、父親が嫌がる自分を車に乗せて、学校の正門で降ろされ、泣きながら登校したと警察の人に話していた。そして、カバンを教室に置いて、飛び降りるつもりで五階のピアノ室まで上がったという。

「このことは親にもちゃんと伝えてほしいです」

と、しっかりとした口調で本人が訴えていた。試験が大切な機会であることは、中学生ならば実感をもって分かっている。だからこそ、体調不良の準備不足で受けるのは、嫌だ

ったのだろう。ここまで聞いて、今朝は出欠確認のときに、本人は教室にいたのか気になり、保健室を出て牧山教諭に確認すると、

「カバンはあっても本人がいないので、自宅に電話をしていました」

という。近隣のマンションの住人の方から通報があったのは、八時十二分。生徒の学年の今日の出欠確認の時間は、八時十五分なので、香苗が校内巡視していた頃、担任は職員室に戻って電話をしていたのだろう。生徒が登校していることは知っていたなら、その後の動きは、どうすべきだったのか。

「カバンがあり、姿を見ている生徒もいたのなら、校内にいる可能性が高いわけで、靴箱を確認するとか、他の教員にも協力してもらって、校内を捜すことは考えなかったの？家庭連絡をして、今朝の様子を聞くとともに、捜すことを考えても良かったと思いますよ」

と、香苗の考えを告げた。

「そうでした。……すみません」

と、担任は肩を落とした。

「だけど、牧山先生、九月のようなこともあった生徒だから、先生がまず家庭との連携を優先した気持ちも分かります。それに、結果から言うと、容易には見つけられない場所に

いたのだから、捜してもすぐに見つかったかどうかは分からない。

しかも、試験が始まる時間も迫っているわけだし……それは慌てたことでしょう。今日は地域や学園事務所の皆さんの連携のお陰で、助けてもらい本当に良かったです！　このことは、今後の糧にしていきましょう」

「はい。……今日は、本当に、有り難かったです」

と、牧山教諭はハンカチで額の辺りを拭った。

本人の聴き取りをした後、警察の人たちが現場を見たいと言われ、五階のピアノ室に案内した。警察の三名共に、まずその高さに驚き、

「校長先生、たとえ下にマットを敷いていても、ここから飛び降りたら助からないですよ」

と、本人の行動が、如何に命を懸けた危険なものであったかを改めて指摘された。

やがて、母親が来校すると、聴き取りにあたっている警察の人たちは、これまでとは違う口調で話しだした。

「嫌がっているのを、無理に連れて来て、そのまま置いていくから本人が苦しむことになるんです。せめて担任の先生に会って、引き渡さなければ無責任でしょう。お母さんもこの後、本人がどんな所に立っていたかを見てください。『今日は飛び降りようと思って立

っていた』とお子さんは言っていましたよ」

　実際に五階の現場に行ってみたことが、警察の人たちの保護者に対する口調の厳しさに反映していた。その後、母親も現場を見たのだが、言葉はなかった。

　その硬い表情から、親としてかなりのショックを受けていることは十分に想像できた。教員からの聴き取りや現場の確認が終わった十時三十分頃、残る母子の聴き取りの場所は、警察署に移して行うことになった。学校の玄関を出る前に、担任が、

「お母さん。今日は校長先生に、大変にお世話になったんですよ」

　と、香苗と母親を引き合わせたが、困惑しているのだろうか、

「……ご迷惑をお掛けしました」

　と、深々と頭を下げて、警察の乗用車に向かった。母と子の歩く間隔は離れたままで、二人が言葉を交わす光景を香苗たち教員が見ることはなかった。

（家庭でもこうなのだろうか。親子の対話などは、すれ違ったままなのではないか）

　と、香苗は思った。

　その後、十三時過ぎに警察署から電話が入り、母子への聴き取りの後、今回の事案について十分に注意してから、警察が指定した郊外にある病院へ車で送り、本人は診察を受け

ることになったという。

「で、これから学校がすることは、何かありますか」

と香苗が聞くと、

「何もありません。ご苦労さまでした」

「そうですか。こちらこそ、ご心配をお掛けして、すみませんでした」

というやり取りで電話は終わった。

この警察での対応についての報告の電話が入るまでの間に、中間考査二日目は全学年が順調に終わり、生徒たちは、誰も今日の出来事を知ることなく帰宅の途に就いていた。教職員の中にも、該当学年以外には知らない者も多いので、生徒が完全下校したら教職員ミーティングを招集し、香苗から事の次第を話して教職員が共有するための時間調整を佐竹教頭に指示した。


それまでに香苗にはまだすることがあった。身柄救出後、本人と一緒にエレベーターに乗ったため、命の恩人である須賀さんには、お礼の言葉すら言っていなかった。須賀さんの内線番号に電話をかけた。すると、女性の声で、

「今、仕事で外に出ています。帰るのは夕方になると思いますが……」

「そうですか。今日は、須賀さんを始め、事務所の職員の皆さんには、生徒のことで大変にご心配をお掛けしました。どうぞ、関係して頂いた皆さまによろしくお伝えください。また、連絡致します」

二度目の内線電話は、十六時三十分に入れた。幸いすぐに本人に繋がった。

須賀さんは通常業務で学外に出た機会に、通報があったマンションの管理人室に寄って、今朝のことを聞いてみたそうだ。すぐに八階に住む方の名前が分かったので、そのお宅を訪ねて通報のお礼を言ってきたという。

「それなら、私もお礼に伺いたいです。一本の電話を頂かなければ、あのように早く、力を合わせて危機的状況から、命を救うことはできなかったのですから」

「じゃあ、校長先生。これからご案内しますよ。在宅されていたのはご主人だけで、奥さまは買い物に外出されていますが」

十分後に落ち合い、二人で構内を歩きながら、

「冬季時間に入り、学園内のショップはもう閉店ですよね。何か感謝の手土産をもって通報者のお宅には行きたいのだけれど……」

と香苗が言うと、須賀さんは時計を見て、

「五時前だから、ショップは閉まっていても、店長がまだいると思うので、今すぐ寄ってみましょう」

と心強い言葉が返ってきた。閉まっているガラスのドアから、中にいる人の動きが見えたので、注意を喚起するジェスチャーで、開けてもらい、お渡しする心ばかりのお礼の品を購入して、マンションに向かった。


そのマンションは、大通りに面したこの辺りでは古い方の建物で、香苗も通勤時には、毎朝マンション前の歩道を通っている、見覚えのある所だった。玄関のブザーを押すと、高齢の品のよい男性がドアを開けた。

「先ほども伺ったのですが、校長が是非、直接お礼を申し上げたいというので、また参りました」

「急にお邪魔して申し訳ございません。今朝は、本校の生徒の緊急事態をお知らせくださいましてありがとうございました。こちらからも見えたかもしれませんが、生徒は無事救出され、保護者と共に下校いたしました。もしも、一本の電話を頂かなければ、私どもが気付くまでに、取り返しのつかない出来事が起きていたかもしれません。生徒だけでなく、私どもも、助けて頂きました。本当にありがとうございました」

「いやね、こちらから見ていると、八時過ぎだったかなあ。校舎の外の庇に人が立っているのが見えてね。家内と何とかしなきゃあ落ちるのではないかと、ヒヤヒヤして慌てましたよ。庇を行ったり来たりして躊躇(ためら)っているようなので、この間に早く助けないと大変なことになると思って。マンションの管理人室に行って、並木学園の電話番号を聞き、通報したというわけです。無事でよかったですね。家内はそろそろ帰って来るとは思うのですが、わざわざ来てもらったことは伝えておきます」

先ほど、用意した心ばかりのお礼を受け取ってもらい、丁寧にお辞儀を繰り返して通報者宅のドアを閉めた。二人がエレベーター前で待っていると、上がってきたエレベーターから降りる女性に会った。

「失礼ですが、Wさんでいらっしゃいますか」

と香苗が声をかけると、思った通りWさんの奥さまで、スーパーの袋を提げての帰宅であった。

「お会いできて良かったです。今、お宅に伺ってご主人さまにお礼を申し上げたところです。今朝は通報頂いてありがとうございました。お陰で生徒の命を救うことができました」

「気づいたときには、驚くと同時に、何とかしなければと二人で慌ててしまいましたよ。幸い管理人さんがすぐに並木学園の電話番号を教えてくれたので、後は、祈る思いでおりました。わざわざお越し下さらなくても結構でしたのに。すみませんね。でも、無事で本当に良かったですね」

　須賀さんによると、学園近くのお宅やマンションには、行事の前に、音響などで迷惑をかけることを理解してもらうためのポスティングをしたり、校舎の改築の折には説明会を開いたり、時には苦情が来て訪問したりすることがあって、通報時に住まいの建物の名前を聞いただけで、この場所が分かったという。改めて地域とのつながりは大事だと話しつつ、それぞれの職場へと戻った。


　帰校してみると、担任のところに、生徒の母親から電話が入り、警察署に行ってからのことと、病院で本人が受診したという報告があったそうだ。母親から、学校へ連絡する気遣いができたのは、気持ちも少し落ち着いたからなのだろう。第三者が入って、親子の気持ちの整理もできたのなら良いのだがと香苗は思った。連絡では、入院はしないが、翌日からは、学校に提出した診断書通りに、自宅での療養に努め、連絡や様子を聞くことは、必要に応じて双方が行うことになったそうだ。教職員ミーティング後も中間考査の採点でまだ仕事をしている教員が多く残っていた。なかでも、今日の件に関係する学年教員は皆残っていて、香苗が校長室に引き揚げると、佐竹教頭と共に学年教員がぞろぞろと来室し、反省とお礼の言葉が続いた。

　最後に香苗からは、

「今日のことで、先生方は何を学びましたか？　私は、改めて学校という所は生徒たちの命を預かり、よりよく生きる力を培うところだと思いました。木枯らしが吹く頃になってから学級生活や授業が荒れないように、日々の生活のよい循環を創る取り組みを、前期から、軌道に乗せようと努力して来ています。それでも今朝のように、思いもかけないことが学校生活では起きるときもあるのです。一人ひとりの生徒の胸の内までは察しきれない、サポートするのも難しいという時もあるでしょう。今日にしても試験期間中で、先生たちは皆、多忙なときです。だからこそ、教科担任制の中学校は、担任の眼差しだけではなく、教職員の複数の眼を活かして、情報共有から生徒理解を深め、高みを目指して歩むことをチームで応援できたらいいなぁと改めて思います。近い目標から遠い目標まで、その達成に向けて努めていきたいですね。明日からは、自宅療養の浅井さんとの関わり方を含めて、新たな気持ちでやっていきましょう！　今日は、お疲れさま！」
と、話した。

二日間ほど間をおいたところで、香苗は、須賀さんには改めてきちんとお礼を言いたいと思っていた。毎週木曜日に定例で行っている三校種間の「連携連絡会議」で小学校棟へ行ったとき、会議の前に事務所を訪ねたが、須賀さんは不在であった。香苗は持参した菓子箱を机上に置いて、挨拶をして出た。会議が終わった後、また、ガラス戸越しに座席を見たが、まだ、席は空いたままであった。年末に向かう忙しい時に、あのように本校の生徒の危機的な状況に際して、体を張って関わってもらったことに、改めて感謝の気持ちが湧いた。学校に戻って校長室で仕事をしていると、十六時半過ぎに須賀さんから長いメールが届いた。

校長先生

お心遣いをいただきありがとうございました。今回の対応については、校長先生が、教職員の皆様に的確な指示をなさり、全員で力を合わせたからこそ、女子生徒の命を救えたと思っています。先生の落ち着いた対応には、ただただ感服するばかりです。庇に立っている時に、先生が生徒の手を取られて、本人も本当に安心したと思います。フーッと生徒さんの体から力が抜けた瞬間を感じました。

実は、私にも生徒さんと同い年の一人娘がおります。生徒さんと目が合った瞬間、何としても助け出さなくてはと思ったのも、火事場の馬鹿力が出たのも、娘を思う親の力だったように思います。おそらくあの庇に立っていた生徒さんと目が合った瞬間の表情は一生忘れることはないでしょう。

生徒さんは、長時間、あの狭い庇の上でどんなにか不安な思いと体が凍るような寒さで、過ごしたのだろうかと思うと、いたたまれなくなります。何度も行ったり来たり、そして、とどまる……この繰り返しは本当につらかったと思います。もっと早くに気づいてあげれば良かったと本人に謝りたい気持ちでいっぱいです。「おじさんが行くから」と言って階段を駆け上がって「おじさんが来たから、もう大丈夫」と言った瞬間までは、どんなにこころ細く長い時間に感じたことでしょうか。もう一度お会いできるなら、生徒さんには「本当に長い時間待たせて、ごめんね」と言ってあげたいです。そして、娘を思う親の気持ちと命の尊さを伝えたいです。親御さんには、娘さんの話を聞いてあげる優しさと、共に歩む勇気をもってほしいとお伝えしたいです。未だに何か心残りがあるのは、この一点かもしれません。

当日、家に帰ると愚妻はとうに寝ていましたが、娘はテスト勉強中で起きていました。

「ただいま」

「お帰り」

と返事があった後で、聞き取れないぐらいの小さな声で、

「生まれて来てくれてありがとう」

と言うと、

「はあー、何か言った？」

と言われ、

「あんまり遅くまでやっていると、明日起きられないぞ。早く寝ろよ」

娘の顔を見て、声を聞いて、些細な日常がこんなにも幸せなことなのかと、改めて思い

知らされました。親ばかですが、いつもは生意気でどうしようもない娘が、これほどまでに愛おしく思えたことはなく、生まれた日のことを思い出しました。親も子どもの時があったはずですが、時に流され、いつしかあの時の頃のことを忘れてしまっているようです。何があっても、子どもと向き合っていこうと改めてこころに誓った一日となりました。

校長先生に救われた生徒さん、これまで先生のご指導を受けてきた生徒たちは、本当に幸せだなと思います。先生には、心より感謝申し上げるばかりです。ありがとうございました。

須賀義彦

須賀様

お人柄がにじみ出てくるようなメールをありがとうございました。遅くなってしまいましたが、会議の前に事務所に伺って、改めて月曜日のお礼を申し上げたいと願い、校長室を早めに出ましたが、他所でのお仕事中で、帰りもお会いすることができず、残念に思っていました。

この度のような出来事に直面したのは、教職に就いて、初めてのことでした。あの時、庇に生徒の姿を見た衝撃は、今も忘れられません。生徒が自死するかもしれないという、あってはならないまさかの事態が、目の前に起きていたからです。須賀さんは、本校の所属ではないのに、電話を受けてくださったときから、この件の当事者になってくださいました。あの生徒は、須賀さんに見つけていただいたことが、強運でした。「おじさん」という、意表をつく自称で話し掛けてきた須賀さんの動きは、思いつめていた生徒の心に小さな風穴を開ける効果があったと思います。「先生」「家族」「級友」などの日常的な人間関係に、彼女は救いを求めていなかったのです。

どのくらいあの高く狭い庇の上で逡巡していたのでしょうか。須賀さんを待ち、須賀さんに生きるべき世界へと連れ戻していただきました。本当に、本当にありがとうございました。

この出来事から、まだ十分には心が立ち直っていない私ですから、庇で身柄確保という体を張った行動に出てくださった須賀さんは、私以上であろうと推察していました。それなのに『待たせたことを謝りたい』とは、胸が熱くなりました。私たちの学園は、陽だまりのような心を持った方に守られて、日々の学校生活が出来ていることを、緊急事態の対処から実感した次第です。

この出来事を通して、須賀さんと濃く繋がったご縁を、決して忘れません。生徒の命の恩人である須賀さんのご活躍を、これからも応援しております。
何回言っても、言い足りないほどの感謝を込めて、もう一度、心からありがとうございました。

土橋香苗

第三話　曼珠沙華の花

「校長先生の好きな花が咲きましたよ」

　と、オフホワイトの曼珠沙華の花を数本生けた花瓶を持って、校務主事の上田(うえだ)さんが校長室にやってきた。

「もう咲いていたの？　毎朝の巡視の時に池の周りは見ていたけれど、今年は、残暑が厳しいから、秋はまだ先のことだと思っていたわ」

　と、香苗は、席から立ち上がり、嬉しそうに花の近くに寄ってみた。

「雑草の中に咲いていたから、目立たなかったのでしょう。今日は、池の周りの草の刈り込みや、池の底の掃除もしたので、切ってきました」

　上田主事は、華道の心得もあるので、そう話しながら花瓶の曼珠沙華の花の向きを直している。

　校長室には、来客用の立派なソファのセットがあり、ソファに囲まれているコーヒーテーブルの中央に、それは置かれた。もう満開に咲いているのもあれば、まだ、蕾のものもある。満開の花被から曲線を描いてピンと上に伸びる雌しべと雄しべが、繊細な空間をつくり出していた。

「ありがとう。今年の花も素敵ね。何の色も加えずに、でも真っ白ではないのが好きだなあ」

曼珠沙華の花が好きな香苗でも、自分の身近でオフホワイトに咲く曼珠沙華には、この宮森(みやもり)中学校に異動してきて、初めて出会った。着任した年の初秋に、校内巡視の途中で偶然見つけて、

「池のほとりには、白い曼珠沙華の花が咲いているのですね」

と、この学校での勤務が長い主事さんたちに話したことがある。

けれども、皆、きょとんとして、初めて聞いたようだった。それもそのはず、秋の初めのほんの一時に、校舎の裏にある池のそばに、白い曼珠沙華の花が咲いていることなど、忙しい教職員の中で、いったい誰が気付くというのだろう。

池はうっそうとした大木が繁る林の斜面の下の低地にあり、この季節に池のそばに立って鯉を見ていると、必ず複数箇所を蚊に刺されるような場所である。

生徒たちには、一周200メートルのトラックを優に取ることができる校庭があり、フ

イールド内は天然芝になっている。わざわざ校舎の裏で遊ぶ生徒の姿を目にすることはなかった。そのため、学校の敷地内でここだけは異空間のような静かな場所になっていた。曼珠沙華の花の色が気になったのは、江戸時代には、ここに某藩の江戸下屋敷があったと聞いているからである。広大な林の一角には、区の教育委員会が管理する旧跡もある。林の中の下草に、珍しい八重咲きの白いドクダミの花が咲く場所もあった。このような草花は、江戸時代からずっとこの地の自然が育んできたのではないかと香苗は勝手に想像していた。ここに咲く曼珠沙華の花が、オフホワイトというのも、江戸時代からの延長線上のままのように感じられ、悠久の時の一時期を、宮森中学校が受け継いでいることを、実感する瞬間でもあった。

　仏教の伝説上の天の花、曼珠沙華は、純白で、見る者の悪業を払うと言い、天人が雨のように降らすそうだ。日本では、曼珠沙華という呼び方よりも、彼岸花として親しまれていて、その色も鮮紅色であることが多い。だから、香苗はこの伝説に心を惹かれていた。宮森中学校の曼珠沙華は、天から舞い降りた時の花のままに、今も白く咲き続けている、と。

　埼玉県日高市にある巾着田（きんちゃくだ）曼珠沙華公園の五百万本の群生が、満開となる初秋は、実に見事である。春の桜に秋の曼珠沙華、ともに人の心をそぞろにする花だと香苗は思う。

坂口安吾の短編小説『桜の森の満開の下』では、男の背中に負われていた女が、満開の桜の下で鬼に化身したように、「相思樹の下の紅い曼珠沙華」にも、この世の異空間を創る不思議な力がある。桜も曼珠沙華も、花の見頃は限られ、その時期に多くの人と共に観賞することで、満開の花の中に迷い込ませるような妖しさに絡めとられることなく、その美しさだけを愛でることができるのかもしれない。曼珠沙華の花言葉は「情熱」「悲しい思い出」などがある。

巾着田の群生地には、「情熱」がふさわしく、紅く燃え広がっていく勢いがある。一方、宮森中学校の林の低地に、人知れず咲く数本のオフホワイトの曼珠沙華の花に、「悲しい思い出」という花言葉が重なる出来事が起きたのは、50代になった香苗が着任して四年目のことだった。

宮森中学校には、全校生徒が一堂に会して、共に給食を食べるランチルームと厨房が最上階にある。教室棟の上にあるので、一学年分の教室と廊下を全部繋げた長さと広さのあるランチルームでは、熱いものを熱いうちに、冷たいものは冷たいうちに食べられるという、恵まれた施設だ。壁は一方にしかなく、窓はグラウンド側と、正反対の林の斜面に面した側にある。厨房もガラス張りで、ランチルームから中の調理や片付けの様子が見える、開かれた造りになっていた。

　唯一の壁には、同窓会から贈られた大きな絵画や、世界地図を背景に、主要都市の現在の時間を告げる時計が数個掛けてある。よく見ると、どこかの都市の時間が止まっていることや、正確とは言えない時刻を表示していることも起きがちではあるが、見る者の視野や関心を、世界へ向けてふっと広げる効果がある。

　中学生になったばかりの一年生が座る場所は、この世界地図の近くに割り当てられていた。

　生徒たちが今日の給食を食べる前には、「検食」という仕事が校長にはある。配膳される前に、校長が食べてみて、異常がなく美味しくできているかを、確認するというのが基本になっている。香苗はというと、他にもランチルームのある学校の校長をしていた時は、この「検食」を副校長にお願いして、自分はいつも生徒と一緒にランチルームで食べていた。

　朝の学級の時間帯の校内巡視とともに、給食の時間に生徒と一緒に食べるというのは、全校生徒の今日の様子を知るよい機会になっていた。

教室で食べる学校の校長をしていた時は、四校時が終わるよりも少し早く、今日の給食が校長室に届けられ、「検食」をしていた。それは儀式ではなく、実のあるもので、ご飯に芯があって、そのご飯を炊いた釜の分だけは大至急、炊きなおして生徒に提供したこともあるし、ハンバーグの焼き直しを指示したこともあった。

宮森中学校のランチルームでは、給食委員会の委員長の「いただきます」と「ごちそうさま」の号令で、全校一斉に給食の時間を過ごす。その様子を観ていると、瞬く間に平げて、いつもお代わりを一番にする生徒や、デザートなど、数もののお代わり希望者が多い時は、ジャンケンで決めるクラス、話に夢中になって「ごちそうさま」の後まで食べていて、給食当番の生徒の昼休みへの配慮がないおしゃべり生徒など、個々の生徒の日常の姿から、生徒理解に役立つことが多い。教員は食べるのが早く、残さない。それは生徒たちより早く食べ終わって、生徒の様子を見て回るからである。ある先生は、例えば、野菜の煮びたしが出た時など、お代わりをする生徒が少なくて、

「もう少し、どお?」

と、食缶を持って、生徒のお皿につぎ足して回っている。香苗も担任をしていた頃、やっていたことだ。おかずだけではなく、教室の6つの班のテーブルを回りながら、瓶牛乳

の蓋をポリ袋に集めたりもしていた。そんな時に、さっと生徒たちの喫食状況を確認している。牛乳の蓋集めなど、給食当番の仕事を担任が自ら行いつつ、野菜を食べないとか、魚は嫌いだという生徒など、個人の食べ物の嗜好などにも詳しくなっていったものだ。

今では当たり前になったが、給食を通した食育やアレルギー対応の別メニュー、生徒に人気の献立を組み込むリクエスト給食、自分の好みで選ぶセレクト給食など、在籍生徒の多い宮森中学校にもかかわらず、細やかな対応や食の安全への配慮も、栄養士を中心に先進的に取り組んでいた。給食の時間は、生徒たちの学校生活の楽しみのひとつであり、活気のある潤いの時間にもなっていた。

「ごちそうさま」の後は、給食当番が食器籠や食缶をワゴンに載せて厨房の前まで押して行き、席の周りの食べこぼしを掃き、テーブルを拭く仕事がある。

学校週五日制の週末の金曜日は、椅子を裏返して、座面を下に机の上にあげてから生徒たちは退室することになっていた。五校時が始まると本格的な清掃器具を使って、三名の校務主事が、床や机、椅子などを、きれいに、端正に掃除をして、ランチルームの一週間は終わるのである。

広いランチルームの清掃は、三学年分のエリアを、三分割して分担し、その場所は毎週、ローテーションで交代して作業を行っているらしい。

らしいというのは、校舎の最上階にあるので、通りがかりで作業を見るということはないからである。何よりも、一人ひとりが十分な技能と主体性を有していて、チームワークもよく、安心して任せられるメンバーに恵まれていた。仕上がりの状況は、月曜日の朝の巡視で確認すれば、その仕事ぶりは十分に分かった。


その週の金曜日の五校時が始まって、かなり時間が経った頃に、職員室が急にざわついた。上の階の教室からなぜか戻ってきた教員が、慌てて何かを副校長に告げている。職員室と校長室は、境となるドアで繋がっていて、来客対応や会議を行っていない時には開けてあった。香苗は、境のドアの場所まで行って、

「何かあったのかしら?」

と、桜田副校長に聞いた。

「あっ、校長先生。今、報告に行こうと思っていたところです。三年で授業をしていた石井先生が、上から人が落ちる影が見えたと言っています。生徒も一部は気づいたようで、知らせに来ました!」

「えっ！　上から人が？」

香苗は、今日、何か工事が入っていないか、職員室の黒板をすばやく見たが、何も書いてない。三年の教室は、三階である。

「落ちたのが、誰なのか分かっているの？」

「午後の陽射しが暑いのでカーテンを閉めていて、見えたのは〈人の影〉ということです！」

〈人の影〉が……事実としたら大変な出来事である。

宮森中学校の教室棟の廊下は、校庭側にあるので、見たというのは林側の窓になる。林側には、教室から出入りできるベランダがあり、普段は生徒だけで出ることは、禁止していた。下の二階には、管理棟と体育館を繋ぐ渡り廊下がある。香苗は、職員室を出て、平面移動ができる二階の渡り廊下の方へ走り、下のピロティを見た。体育館寄りの位置に、何と池の方に頭を向けて人が俯せているのが見えた。一部の生徒と先生が見た〈人の影〉は、本当に人だったのだ。香苗は、驚きとともに凝視した。

（まさか……山本さん？）

と、その体格や服装から、男性の校務主事である山本さんの名前を心で呟くと同時に、香苗は校長室や職員室より手前にある事務室に飛び込んで、

「救急車を呼んで！　山本さんが池のそばに倒れているの。急いで！」

と言うが早いか、一階に降りて現場に向かった。職員室にいた教員も駆け付けた。顔と体は左を下にやや右に向いて俯せているので、やはり、山本さんだということが分かった。大きく呼吸をした山本さんに、何度も呼びかけたが返答はない。やがて、救急隊と警察とが、ほぼ同時に来て、

「責任者の方から聞きたいことがある」

と、香苗は同じような質問攻めにあい、それに応えつつも、ずっと、

（いつも山本さんと一緒の他の二人の主事は、今、どうしてここにいないのか）

ということを思っていた。山本さんは、何をしていたのか、どうして山本さんだけここにいるのか、どこかから転落したのか、いつもの作業中ならば、他の二人が一番よく知っているのに、香苗の周囲にいるのは、この時間に授業のない教員と養護教諭である。ベテランの小山養護教諭は、香苗だけに聞こえる声で、

「校長先生、これは厳しい」

と、首を横に振った。

「えっ！　でも、私たちが来た時は、大きく呼吸をしていたわよね……大丈夫！　きっと。

小山先生は病院に一緒に行ってね。何かあったら、私の携帯電話に連絡を入れてください」

と、不安を振り払うように答えた。

到着した救急隊員たちは、山本さんの状況確認や応急処置をしたり、現場付近をブルーシートで目隠ししたり、携帯電話で受け入れ先の病院を探したりと、慌ただしい動きをしている最中に、五校時終了のチャイムが鳴った。

生徒の教室移動もあるので、渡り廊下の通行規制をする先生を捜しに玄関ホールに上がったところで、こちらも慌てている桜田副校長に会った。渡り廊下を生徒が通らないように、体育館側と管理棟の玄関側に教員を配置するように話した後で、

「いつも作業を一緒にする、上田さんと池谷さんが居ないんだけど……」

と、香苗は、他の二人の主事の居場所を聞いたが、やはり知らないという。

五校時の授業をしていた教員たちが、教室や体育館から、次々と玄関ホールにやって来る。

「校長先生！　授業は無理ですよ。影でも上から誰かが落ちるのを見た生徒がいるんですよ。その子は動揺しているし、自分も、とても授業は続けられないです！　今日は、すぐに生徒を帰しましょう！」

と、教職員集団の大黒柱的存在の、日頃は頼もしい体育科の教員が訴えてきた。

「緊急対応は、こちらでします。気持ちは分かるけど、授業には支障を出さないようにしましょう。こういう時こそ平常心で行うことが大事です。生徒たちは、六校時までいつも通りに授業を行い、その後、帰りの学級の時間の前に、全校生徒を体育館に集めてください。私から生徒たちには話します。そして、今日は一斉下校にしてください。各学年主任を通して、担任にこの連絡をしてもらってください！　先生、至急、お願いします！」

と応えつつ、香苗は、

（そうだ。ランチルームに行ってみよう。五校時の作業場所だったはずだから）と思っていた。玄関ホールから最上階までエレベーターで行き、ランチルームに入っても、誰もいない。

「上田さん！　池谷さん！　……」

二人の名前を呼んでみる。作業は終わっていて、ランチルームはきちんと鎮まっていた。厨房の調理員の方は、まだ食器の洗浄作業に入っていないらしく、ガラス越しに見ても、中に人は見当たらない。反対側にも出入り口はあるので、ランチルームを通り抜けようとして、一年生が給食を食べる場所付近まで来たとき、

（おや？）

と香苗は立ち止まった。入った時には柱で見えなかったが、一か所だけ林に面した窓が開いていたのである。香苗は駆け寄って窓から下を見たが、五階の庇が見えるだけで下の池や地面は見えない。高台の緑の濃いうっそうとした林が真正面に迫ってくるように見える。目を庇に戻すと、窓の真下に小さなバケツとスコップがあった。

（これから、ここで何かするのかしら？）

不思議ではあったが、香苗は、再び急いで二階にもどると、捜していた仕事仲間の上田さんと池谷さんが、警察の人と話していた。

（……ああ、やっと見つけた！）

だが、今は話せそうもないので、山本さんの伏せている池の近くに戻り、ブルーシートを回り込んで、

「搬送先の病院は決まりましたか。一刻も早くお願いします」

と声を掛けた。

「H病院に行きます。どなたか救急車に同乗してもらえますか」

既に、小山養護教諭が出かける用意をして、玄関に待機していた。

「私も、全校集会で話したら、車ですぐに駆け付けますから。小山先生、山本さんをお願いしますね」

「分かりました」

救急車が出て行った後は、警察の人たちと、山本さんが居ただろうと思われる場所の特定のために、仕事仲間の二人と副校長も加えて、その時間帯の作業場所に行った。

やはり、ランチルームである。二人が話すのを聞いていて、なぜ、山本さんが倒れていた事故現場に、仕事仲間がいなかったのかが、ようやく分かった。

二人は、作業場所であるランチルームから、突然いなくなった山本さんが戻って来ると思ってランチルームで待っていたり、捜したりしていたのである。二人の話は、こういうことだった。

掃除機は、壁に面した一年生の方から順番に使っていく。よく音が響くランチルームでは、掃除機を使って作業をしている時には、話し掛けても言葉が聞き取れない。流れを熟知している三人は、毎週、黙々と作業を進めるという。

一年生から二年生へ、そして、三年生の場所に掃除機が受け継がれ、そこの担当の上田さんが下を向いて掃除機を使いながら作業をしていると、山本さんがそばを通ってランチルームから出て行った。山本さんは、特に何も言わず、上田さんの方からも特段、声は掛けなかった。山本さんは、すぐに、小さなバケツとスコップを持って戻ってきたけれど、掃除機の使用中で、上田さんは今度もそのまま声は掛けずに作業を継続したが、一瞬、

（何に使うのだろう⁉）

と、山本さんが手に持っているバケツとスコップを見て思ったという。

その後は仕事に集中していて、山本さんの動静は分からない。上田さんのエリアの清掃も終了したとき、ランチルームに山本さんの姿は見えなかった。さっき戻って来たのは確かで、その後、黙って一人で降りてはいかないはずだ。清掃道具を全部片付けて、通常は三人が一緒に下の階へ降りていく。二人は、日頃の愛称で、

「山ちゃん！　山ちゃん！　どこに居るの？」

と、呼んではみたが、返事はなかったそうだ。

「一回出ていったけど、戻って来てから、また出ていくのを見た？」

上田さんが、池谷さんに確認した。

「私は見てないけど。でも、反対側の一年生の出入り口から、何か捨てに出たのなら、私たちは気づかなかったかもしれないよ」

と話しながら、二人はしばらくランチルームで待ってみたという。

厨房に近い三年生のエリアから見える外は、林ではなく、正門から続く下りの坂道や桜の樹々である。林のそばには、ＰＴＡや地域の方々との交流活動で世話をして、四季折々の草花が咲く大きな花壇がある。坂道のもう一方は、傾斜のある広い芝生になっている。その奥にはビオトープもあり、周囲は春になるとピンクや白の花桃の花がたくさん咲く樹々に囲まれていた。

待っているその時に、二人はサイレンの音を聞き、窓の外に眼を向けた。ちょうど正門から救急車が入って来るのが見えた。

「ねえ、生徒に何かあったのかしら！」

と言いつつ、二人は厨房側の出入り口からエレベーターで下に降りた。

この時点で、救急車と山本さんの消息を、繋がりをもって考えてはいなかった。下の階に降りて来て、初めて誰よりも遅く、山本さんに起きたことを知った時の衝撃は測り知れず、その後、二人の表情に落ちる苦悩の翳は、長く消えることがなかった。

日頃から二人は、実の息子のように、山本さんを可愛がりつつも、仕事面では育てることもしてきたので、今では、三人の仕事は円滑に進んでいた。

後で、警察の現場検証に立ち会って香苗が推測したことは、今週、一番奥の一年生エリアを掃除していた山本さんは、通常の清掃が終わった後、窓の庇の端に付き始めている苔に気づき、それを小さなスコップで取ろうと、庇に出ようとして手すりに足を取られたか、狭い庇に出た時に、バランスを崩して転落したのではないか、ということである。

しかし、これまで、庇での作業を校長が指示したことはない。掃除機の音にかき消されていたのかもしれないが、一緒に作業をしていた二人は、人の声や異音は、全く聞いていないという。警察は、自殺ということは考えられないかと聞いてきた。二人は即座に否定した。夫婦共働きで幼い二人の娘を育て、最近は、戸建ての住宅に引っ越したばかりである。また、職場では、若い先生たちとの交流もあり、率先して親睦を図っていたという。職場での人間関係を象徴するように、日頃は「山本さん」ではなく「山ちゃん」と、皆から呼ばれて親しまれていた人が、自殺するとは、誰も想像すらしないことであった。

六校時終了のチャイムが鳴って、授業の片付けをした生徒たちは、帰りの学級の時間の前に体育館へやってきた。香苗は、誰よりも早く行き、入って来る生徒たちを見ていた。先頭に立って、硬い表情でクラスの生徒たちを引率する担任の先生の様子。既にステージの左側下に立つ校長の姿を見て、誰もしゃべったりする者はいない。

全校生徒が集合したところで、桜田副校長が切り出した。

「校長先生から、大切なお話があります。姿勢を正しましょう」

これまで、朝礼や行事の集い以外で、緊急の全校集会を開いたことはなかったと思いながら、集合している生徒たちの中心の列の前に香苗は立った。

「今日の授業が終わったところで、全校生徒の皆さんにお話しすることがあり、こうして集まってもらいました。五時間目の終わり頃、救急車のサイレンを聞いた生徒もいたことと思います。

実は、いつも私たちが快適で、清潔な環境の中で勉強や諸活動に励むことができるよう、力を尽くしてくださっている主事の山本さんが、午後の作業中に転落するという事故が校内で起きました。すぐに救急車を呼んで、先ほど、養護の小山先生も一緒に病院へ向かったところです。私も皆さんにお話ししたら、すぐに病院に駆け付けます。学校は、大きな家族のような集団でもあります。山本さんの怪我からの回復を、私たちみんなで心から願いたいと思います。

そこで、本日の放課後の部活動はすべて中止とし、他の居残りもなしで、一斉下校とします。皆さんは、週末を有意義に過ごして、来週の月曜日には、また、元気な気持ちで登校してください」

誰一人動かず、体育館は静まりかえっていた。三年生の一部のクラスでは、人が落ちる影を見た先生と生徒はいても、どこからということは、分からない。

多くの生徒にとって、校長の話は初耳の内容であったが、その出来事の重大さは全校生徒が感じとったのだろう。部活動なしの完全下校にも、どよめきは起きなかった。話を終えた香苗は、副校長に、

「事故の一報を、教育委員会の指導室に入れておいてください」

と、指示してから、全校生徒と先生たちが残る体育館を後にした。

事務主事が呼んでくれたタクシーで、H病院を目指す香苗の携帯電話が鳴った。小山先生からで、

「校長先生、早く。早く。お医者様も校長先生やご家族の到着はまだかと言われています」

病院まではもう遠くはない。タクシーで乗り付けるや否や、聞いていた救急治療室まで早足でいくと、香苗に気づいた小山先生の表情が歪み、頭を左右に振った。香苗の胸がキュウと痛くなった。

（山本さん……！）

事務室では、奥さんの職場の連絡先を探すことに手間取ったと聞いていたが、山本さんの実家とともに、連絡は既についていた。が、それぞれの場所から病院まで来ることを考えると、到着までには、まだしばらく時間がかかることだろう。

香苗と小山先生は、看護師に呼ばれて救急治療室に入った。顔の傷んでいたところは修復してあり、本来の山本さんの肌よりも全体的に濃い色をしていたが、表情は穏やかに感じられた。首から下には、シーツが掛けてある。全身挫滅だったという。香苗は、一瞬、壁に手をついて体を支えた。

（山本さん！　……いったい何をしようとしていたの？　何があったの？）

じっと見つめたまま、心で山本さんに語り掛け、やがて、廊下に出た。小山先生には、これで学校に戻ってもらい、警察と香苗だけでご家族の到着を待つことにした。

最初に病院に駆け付けたのは、都内の職場から直行してきた、山本さんの父親であった。

香苗は、初めてその姿を認めたときに、

（山本さんは、体格の良さを、お父さんから受け継いでいたのだ……）

と、思った。それから、副校長の一報が届いたのだろう。教育委員会の教育長次長と学校担当部署の三名、ついで、山本さんの奥さんも到着した。当然のことながら、奥さんは動揺していたが、救急治療室での対面の後、香苗と向かい合わせになる椅子に座った。

「……今朝は、ケンカしていたわけではないのに、なぜか子供たちのことばかりに私は手をとられて……夫とは一言も話さずに、そのままお互い、出勤したんです。……こんなことになるのなら……話しておきたかった……」

と、顔を覆って涙をこぼした。

「そうでしたか。さぞ、心残りでお辛いでしょう。……でも、今は山本さんに起きたことに、少しずつでも向き合って参りましょう」

と、その手を取った。奥さんと山本さんの父親に、警察から事故の説明があった。

この間に香苗は外に出て、学校へ電話を入れた。副校長に山本さんが亡くなったことを伝えなくてはならなかった。

「そうですか。……残念です……。生徒たちは、全員落ち着いて下校しました。教員は、校長先生が戻られるのを待っていますが、主事の二人が病院に行きたいと言っています。伺ってもいいですか」

「もちろんです。山本さんと一緒に苦楽を共にしてきた人たちですから、会いたいことと思います。私は、ご家族が帰られるまでこちらに残ります。先生たちには、何時になるか分からないので、どうぞ、退勤してもらってください」

情に厚い人柄の桜田副校長が、電話の向こう側で、こみあげてくるものをこらえている姿が、その声から伝わってきた。

病室の前に戻ると事故の説明も終わったようで、警察の人は、これで署に帰ると言い、香苗は、これまでのお礼を言って見送った。

その香苗の姿を認めた山本さんの父親から、

「校長先生、ちょっといいですか」

と声を掛けられ、二人は家族から離れた場所へと移動した。

「どうなんですかね。学校のことはよくは分からないんですが、自分の仕事では、不慮の死というのは、それなりにあることです。しかし、まさか、学校に勤めている息子が、仕事で死ぬとは思いもよらないことですよ。……それで、葬式はどこがするのですか」

と聞かれた。数瞬の間、香苗には質問の意味が分からなかった。職務中の事故死は、殉職として、公が葬儀を行うのだろうか……。分からない……香苗は、ぽつりと、

「山本さんご本人にしたら……ご家族の方や身近な方に見送られるのを、一番喜ばれるの

ではないでしょうか……」

「そうですよね。ということは、家で葬儀はするということですか」

「もちろん、私共も奥様にご負担がかからないように、精いっぱい協力させていただきます。いいえ、教職員みんなから愛されていた山本さんですので、私たちにも葬儀を担わせてください」

「分かりました。よろしくお願いします」

　この間に上田さんと池谷さんが駆けつけてきた。山本さんに対面して、涙が止まらないまま、奥さんにお悔やみを言っていた。奥さんは、

「お世話になりました。夫からお二人のことはいつも聞いていました。子どもの誕生日やクリスマスには、プレゼントをくださって、ありがとうございました」

　そのような交流があったことも、今は、心に浸みてくる。

　山本さんの母親が二人の女の子を連れて到着していたので、香苗から挨拶をしていると、下の保育園に入ったばかりの女の子が無邪気に、

「ねえ、ねえ、おばあちゃん。お父さんの所に行ってもいい？」

「静かにね」

「うん。分かった！」

と、小走りで救急治療室に向かった。この二人の女の子は、最愛のお父さんを今日、亡くしたのだ。新たな悲しみとなって香苗の心の中に波のように襲ってきた。

香苗と二人の主事は、無言で目を見合わせた。同じことを思い、こみあげてくる涙で、二人共に目を赤くしていた。

居ても立ってもいられなかったのか、親しかった教職員も数人が駆けつけ、山本さんと、別れの対面をした。特に親しかった男性教諭が、廊下に出たとたんに、我慢していた嗚咽を漏らしながら、壁に額を押し付けた。その姿に香苗の悲しみは、一層深くなっていった。

やがて、涙ながらに対面した教職員もそれぞれに学校に戻り、ご家族と香苗だけが病院に残った。山本さんの妹と思われる人の表情は、声を掛けるのもためらわれるほどに険しくて、ご家族から少し離れた壁際に、香苗はじっと佇んでいた。しばらくして、

「校長先生、遅くまで済みませんでした。私たちもこれで引き揚げますので、先生もどうぞ、これで……」

と、山本さんの父親が声を掛けてきた。香苗は、もう一度、お悔やみの言葉を伝えて、ご家族と一緒に病院の玄関まで行き、そこで別れた。

タクシーに乗って、何という長く、重い一日だったことかと振り返った。

そして、これからが大事だとも考えていた。大切な人の命が失われたのである。残された妻と二人の娘の未来を、可能な限り保障してあげなければならない。

また、生徒や保護者への説明など、考えなければならないことはたくさんあったが、まずは、学校に戻ることだと香苗は思う。

学校では、多くの教職員が校長の帰りを待っていた。生徒が下校した後、山本さんが倒れていた場所に、少量ではあるが残っていた血液を水で洗浄し、流すことができたが、倒れていた場所には、体の全体の形がうっすらと、まだ残っているという。残留していた教職員全員で、その場所を円形に囲んで、黙禱を捧げてから、香苗が静かに話しだした。辺りは暗く、ピロティのぼんやりとした明かりが届くだけである。

「山本さん！　急なお別れがきたことに、私たちは皆、戸惑いと悲しみでいっぱいです。これまで、生徒や私たちのために一生懸命に尽くしてくださり、本当にありがとうございました。いつも、山本さんの周りには笑顔が広がっていました。

でも、今は、山本さんが最後に見たものや、思ったことが何かと考えるとき、私たちは、まだ言葉にできない思いがたくさんあり、心が痛み、とても苦しいです。

ここに集っている教職員全員が、あなたとの突然のお別れに、心からの哀悼の気持ちを捧げます……」

教職員の涙と気持ちの乱れは止まらず、このような形ででも、悲しみを共有しなければ、家路に就くことができない、そんな思いで皆が待っていてくれたのが嬉しかった。この小さなセレモニーが、教職員の退勤する契機となった。

香苗は、五校時に中座したままになっていた校長室の椅子に戻った。


（今日は、もうお母さんの病院には寄れないな……）

と、思いつつ時計を見た。八時を過ぎていた。香苗の母がクモ膜下出血で倒れ、一週間が経つ。その容態は、予断を許さない状況が続いていた。

（でも、やはり、会いたい。ともかく机の上を片付けてから……）

と立ち上がったところに、校長室直通の電話が鳴った。

「教育長の宮崎です。校長先生、今日は大変でしたね。報告は受けていますが、誰も、どこから、どんなふうに転落したかは、見ていないんでしょう？　ならば、自殺ということも考えられますよね。だって、誰も見ていないんだから」

「他の主事の二人も、同じランチルームにいましたが、最後まで起きたことに気づいていませんでした。しかし、残されていたスコップやバケツから、庇に生えている苔を取ろうと、一人で行動した時に、惨事が起きたのだろうと現在のところでは警察の方も考えています。山本さんのプライベートをよく知っている同僚も、自殺と考えている者は一人もおりません！」

「でも、誰も見ていないんでしょう？　苔か何か分からないけれど、それを取るように校長が職務命令を出したわけでもないのなら、カムフラージュに置いたのかもしれないじゃあないですか！」

「職務命令は出していません。日頃、校庭の樹木の剪定のときでも、脚立に立って剪定する人と、脚立をしっかりと下で押さえる人に分けて作業をしているくらい、危険な作業は厳重に注意をさせています。それなのに、なぜ？　という疑問はありますが、通常の作業が終わった後、苔に気づき、台風シーズンを前に、排水のことなど考えて、今のうちに取っておこうと思ったのかもしれません……」

もう少し同じようなやり取りをした後で、教育長の電話は切れた。

何となく後味の悪い電話である。教育長は、山本さんのこの事故を、自殺と考えているのだろうか。香苗は、副校長を呼び、電話の主旨をどう思うか聞いてみた。

「自殺は、絶対にあり得ないです！　山ちゃんらしい心遣いで、日頃の作業以上のことをやろうとしていたと僕は思います。絶対に自殺なんかじゃないです！　ひどいですよ。そんなふうに言うのは……善意から起きた事故ですよ！　これは！」

と、桜田副校長らしい熱さで、眼を赤くして言い放った。

その思いに、香苗も異論はない。副校長に病院でのご家族の様子や、父親から、

「どこが葬式をするのか」

という質問を受けたことも話した。

「葬式を学校がするってことですか？……そういう例もあるんですか？」

「病院では、お葬式のことなど全く考えていなかったから、事故の責任の所在を問われたと私は思ったの。この作業の職務命令をしたか、しないかではなく、宮森中学校の校長として、安全配慮義務の責任は私にある……」

「校長先生！　今は、考え過ぎちゃあ駄目ですよ！」

話しながら、香苗は、学校だけでなく役所や教育委員会にも、山本さんの葬儀には参列

してもらおうと強く思っていた。これは公務災害なのだから。

校長室を出る前に、香苗は夫の携帯に電話を入れた。もう帰宅している時間だ。

「香苗です。……今日、緊急事態が起きて、まだ学校に居るんだけど、遅くなっても、お母さんの病院に寄りたいと思って……」

「そうした方がいい。病院へは車で迎えに行くよ」

その病院に着いたときには、既に消灯時間も過ぎていたが、ナースステーションにいる夜勤の看護師に、頭を下げて見逃してもらった。静かに病室に入ると、母は眠っていた。昼間に家族が見舞うことのないひとりの病室で、母の今日は、苦しくなかっただろうか。

（お母さん……ごめんなさい！　寂しい思いをさせて）


翌日の土曜日に、想定外の電話が自宅に入った。教育委員会の臼井(うすい)指導室長からである。昨晩の上司と同じことを言われるのかと思ったが、ご自身の個人的な経験についての話だった。

臼井室長の伴侶は、会社での事故で亡くなったという。誰もいないときだったために、惨事になっただけではなく、その後の保障や、事故に対する会社側の姿勢には、誠意が全く感じられなかった。本人の不注意からの事故と結論づけられて、それで終わってしまった。しかし、数年経った今も、まだ、その日からの心の整理がつかず、辛い思いをしている。

といった内容だった。室長の個人的なことは何も知らない香苗だけに、意外な話であった。そこで、香苗も思い切って昨晩の教育長からの電話に感じたことを話した。亡くなった方に対して、親身に寄り添うものではなかったと。山本さんの父親は、今回の事故を、ご自身の職場でのことと照らし合わせて、

「どこが葬式をするのか」

と、問われたことも話した。学校や役所がそういった思いに、当事者意識を持ち、誠実に対処しなければ、室長が言われたようなわだかまりが残る気がする。いったい役所のどこを窓口にすれば、この気持ちを伝え、共有することができるのか、香苗は聞いた。

「川越次長に話してみたらどうかしら。とても人柄が温かく誠実だし、区長に近い方だから、そちらへの話も通ると思うわ」

藁をも摑む思いで話しただけに、助言は嬉しかった。ご遺族に対して、亡くなった方は帰らないけれど、それ以外でできることは何でもするという態勢ができると香苗は願った。

川越次長なら、昨晩も病院を他の職員と共に訪ねてこられていた。言葉こそ交わしたことはないが、飄々とした印象で、仕事はできる方との評判も聞いている。月曜日には、朝礼が終わったら、役所が始動する前に電話を入れることを室長には告げ、心から感謝して受話器を置いた。

月曜日の全校朝礼で、香苗は深呼吸をしてから登壇して、山本さんは、懸命の治療の甲斐なく、亡くなられことを話した。そして、全校で黙禱を捧げた。この悲しい知らせを朝礼で聞いた生徒たちの中には、お通夜や告別式に持っていって欲しいと、担任に手紙を託す生徒もいた。

後日、受け取られたご遺族は、山本さんが生徒からも慕われていたことを、大層喜んで受け止めてくださった。

朝礼後には、臼井室長の助言通りに、香苗は川越次長に電話を入れた。

（打ち合わせの時間ではないだろうか……）

と、心配しながらの電話はすぐに繋がり、香苗は昨晩のお礼とともに、これまでの経緯を話した。途中、次長は言葉を挟むこともなく話を聞き終わると、穏やかに、今後の動きについての説明に入った。

「これから、外部による事故調査委員会を立ち上げます。それで、今後は学校に伺い、会議を開いたり、聞き取りをしたりすることも多くなりますが、校長先生のご配慮をお願いします。それと、公務災害の申請も学校現場と協力して行います。ご遺族が納得される結果になるように、是非、連携してやっていきましょう」

と、穏やかだが、きっぱりと言われた。学校だけでなく、川越次長をキーマンにした動きも始まるのだ。香苗は、山本さんの父親から、「どこが葬式をするのか」と聞かれたことが、心に残っていたので、哀悼の意を表すべく、葬儀には教育長名、できたら区長名での供花をお願いしたい旨を伝えた。

川越次長が、校長の意を受けて、全面的に動いたことは、すぐに眼に見えた。

当日には、立派な二つの供花だけでなく、区長自らが会葬に足を運び、教育長もあの夜の電話などなかったかのように、厳粛な雰囲気で、区長に続いてお焼香をする姿があった。

(次長が動いてくださったお陰だ)

と、香苗は胸が熱くなった。通夜、告別式ともに学校の職員を中心に、会場に張り付き、教員も授業に支障のない範囲で、ご遺族と共に、早すぎた死を悼む場に立ち会うことができた。宮森中学校だけでなく、山本さんの勤務した別の学校での同僚や知人の会葬者も多く、その人々からは、突然の訃報への、驚きと悲しみが伝わってきた。また、山本さんの父親や奥さんの職場の人たちも葬儀に駆け付け、区長、教育長、学校、教職員、宮森中PTAなどからの供花が、親族の方や、その職場の方々からの供花とともに、ずらりと祭壇を埋め尽くしている光景を、多くの会葬者が、一つひとつ眼に留めていた。

香苗は、通夜と告別式への対応が終わると、他の教職員の対応を考えた。このような出来事を経験した教職員の心の健康が心配だったからである。そこで、精神科の産業医の先生のカウンセリングを数日に分けて全員受ける準備を進めた。この辺りは、役所の教職員係長にテキパキと動いてもらい、放課後の保健室で数日を費やして行った。全員のカウンセリングが終わった後、産業医の先生から、二人の同僚のうち、特に、長く一緒に働いてきた上田主事を心配する話があった。

「山本さんがランチルームを出た時や、戻ってきた時に、もし、私から声を掛けていたら、防げたかもしれない。自分のせいで事故が起きた」

と、自分を責めていたという。産業医の先生は、開業医でもあるので、時間をみて来院するように上田さんには助言したそうだ。また、このようにも付け加えた。

「一番心配なのは、校長先生です。現場の指揮を執るだけでなく、この後のご遺族への対応もあるので、前面に立たなければならないことでしょう。体力、気力の限界も考えて、他の教職員でできることはやってもらわないと、先生が倒れたら、それこそ教職員の心の支えがなくなって、学校が混乱します……」と。

この時、香苗は、ふっと母を思った。母が予断を許さない状況であることは、副校長しか知らなかった。

山本さんの事故から五日後の深夜の自宅に、病院から電話がかかってきた。

不安に思って来たことが起きたのだ。母が危篤だという。姉は海外で家庭を持っているので、倒れた時に帰国したが、それが永訣のための帰国であったかのように、母は旅立つのだろうか。今は、山本さんのことが最優先課題なので、これから母の病院に駆けつけるにしても、そのまま出勤することを想定しなくてはならない。着替えていると、再び病院から電話が入り、看護師が心臓マッサージをしながら待っていると言う。準備に手間取っていたわけではないのだけれど、母の死が目前のこととして迫っているのだと、香苗は、ハッとした。夫はすぐに車を玄関に横付けしてくれていた。

二人で病室に入ると、夜勤の看護師が、心臓マッサージをしながら待っていた。母のふっくらとした手が温かく、香苗はその手を自分の頬に当てた。

香苗の父が亡くなった後も、近隣との繋がりのある家で一人暮らしをしていた母。教頭になった香苗の帰宅時間が一層遅くなったのを機に同居することをやっと承諾してくれた。夕食の下準備をして、待ってくれていた日々が切なく思い出された。

（お母さん、これまでありがとう。いつも仕事を最優先にしても、お母さんは笑顔で応援してくれた……大好きなお母さんに、実は一番寂しい思いをさせていたこと……ごめんね）

しばらくして今夜の担当医が来室し、やがて母の臨終が告げられたのは、午前四時を過ぎていた。

学校や教職員が、みんな大変な思いをしている時である。母の葬儀は家族葬とし、葬儀場も副校長にすら教えなかった。分かったら気を遣うことは、想像できる。母が倒れてからは、夫が多くのことを代わって行ってくれたが、通夜と告別式から火葬場までの最後は、喪主の香苗が居ないのは、母が孤独すぎる。

その日に予定されていた学期末の保護者会全体会では、山本さんの事故死の説明もする予定であった。それを副校長が、代わって行うと言ってくれたお陰で、香苗の母の葬儀は、家族四人で見送ることができた。その夜の副校長の報告では、特に、保護者会への出席者から質問はなく、尾ひれのついた噂も流れていないようだとのことで、香苗も安堵した。

そして、最愛の母を荼毘に付した翌日には、平常の勤務に戻った。

（きっと、母はそれを分かってくれるだろうし、今、直面している難局への適切な対応力を、授けてくれるだろう）と、心の中で祈りながら。


事故調査委員会の最終報告書が教育委員会に提出されるまでには時間を要し、季節も夏から秋に変わっていた。この報告書とともに、公務災害の申請書類を用意して、提出にこぎつけた。その回答が届いた後、山本さんのお父さんと奥さんに、宮森中学校に近い役所の出張所の会議室を借りて、次長と校長で、事故報告書と公務災害申請書の内容について、丁寧に報告をした。長い説明を聞いた後、お父さんから、

「ここまでやっていただき、ありがとうございました。この事故報告書は孫たちが大きくなった時に読ませますよ。父親の仕事ぶりを知り、きっと誇りに思うことでしょう。また、公務災害の保障も十分なものにしていただき、これから一人で子どもたちを育てる嫁にとっても、生活費に対する不安が軽くなったと思います。一人親だと、どうしても自分が倒れたら、子供たちが路頭に迷うのではないかという不安がありますからね」

と、嫁の方に目を向けると、奥さんには、当然、こみあげるものもあったのだろう。涙をためた眼で、頷くのが精いっぱいという感じであった。

「学校に寄って行かれますか」

と、香苗からさりげなく聞くと、

「いえ、またにします。……学校の周囲を歩いて、今日は失礼します」

いろいろと思いはあったのだろうが、質問されることはなかった。

二人を見送った後、何か月もの間、事故調査委員会や公務災害申請書類の対処を、共にしてもらった川越次長に、香苗は心からの感謝を伝えた。

「校長先生も、ご自身のお母さんのお弔いも十分にされず、ご苦労されましたね。僕は、今年で退職しますが、これまでの公務災害で一番手ごたえのある回答が得られたのは、何よりだったと思っております」

学校の四季は巡っても、宮森中学校の教職員は、山本さんのことを忘れなかった。香苗は、毎朝の巡視の時には、あの日、そこだけが開いていたランチルームの窓辺に立って、冥福をお祈りした。仕事仲間の上田さんは、産業医の先生の所に通院して、少しずつではあるが笑顔を見ることもできるようになった。

三回忌の日に、香苗はカサブランカの大きな花束を抱えてお寺にお参りした。多くの教職員も参加して、ご遺族と共に冥福を祈った。法要の後の会で、山本さんの父親から、こんな挨拶があった。

「本日は、息子の職場の先生や職員の方に、かくも多くご出席していただき、ありがとうございました。息子も喜んでいることでしょう。これまでも、墓参りに来ると、花やカップ酒などが供えてあって、きっと、学校の方が、月命日辺りに来られたのだと思っていました。……ここでひとつお願いなのですが、今日の三回忌の法要をもって、学校の皆様のご厚情をいただくのは最後にしたいと思っております。これまで、十分に慰めていただき、励ましても頂きました。今後は、息子がお世話になった最後の職場である宮森中学校の益々の発展のために、どうぞ、教職員の皆様、お力を尽くされますようにお願い申し上げます」

お父さんの思いがけない言葉に、教職員は初め戸惑った。しかし、三回忌をひとつの節目として、以後は、それぞれの気持ちでお墓参りを続けたり、ご遺族との関わりをもったりすることの方が、形骸化しなくていいのかもしれない。

五十歳の誕生日を迎えたときに、

（定年まで、もう十年しかない！）

と、香苗が思ったその十年の道のりも、起伏に富むものとなった。平常の学校の教育活動とともに、教育内容の進化と深化に繋がる、学びのよい循環づくりの研究発表会への挑戦や、周年行事の取り組みで、教職員、生徒、保護者、地域が一丸となった経験は、学校の歴史の一ページを、しっかりと刻んできた。一方、職場の大切な仲間との突然の別れという辛い出来事からも、香苗は多くの人たちに支えられていることを、改めて実感した。

時代は、平成から令和へと代わり、当時の教職員の多くは、香苗を含めて異動や定年で、宮森中学校を去っていった。しかし、今年も晩夏から初秋へと移ろう季節のはざまには、曼珠沙華の花が咲くことであろう。それに誰も気づかないとしても、香苗の心の中には、美しく、そして、悲しい思い出とともに、その花は、今も変わることなく白く咲き続けている。

あとがき

　長く続いた夏日が、行きつ戻りつしながら去っていき、ようやく季節が移ろったことを知らせる花、曼珠沙華。吹き始めた秋の爽やかな風が、金木犀の花の香りに染まると、空気もひんやりして、清々しい気持ちで過ごす日々が訪れる。

　夏が暑ければ暑いほど、私がたまらなく好きだと思う夏と秋の〈はざまの季節〉。この季節を取り込んだ小説を書きたいと思っていた。

　秋たけなわとなって、木々は色づき、豊穣な実りを迎えるのは自然界のみではない。学校生活の営みも同じである。それは、新緑の春から万緑の夏の日々を、〈どう生きたのか〉というひとつの証し。秋の日々が移ろうのは早く、銀杏の葉が黄金色に輝きながら、木枯らしに吹き散らされてしまうと、カリッと冷たい初冬がやって来る。その冷たさにまだ慣れていない頃、凍りつくような風とともに、一瞬感じる、風花。

　学校の一年間には、思いもかけない出来事が起きることもある。晴れ渡る青空の下で、生徒たちは元気いっぱい、希望を胸に切磋琢磨しながら、心と体と頭を鍛え、喜怒哀楽のふれあいに満ちた生活をしている。集う命は、未知の世界へと巣立っていく力を蓄えるために学び、活動する学校の日常。そんな学び舎の上にも、風花は舞う。その時、チームは心を寄せ合い、可能性を信じながら、前へと踏み出す。覚悟を持って、絆を確かめながら。玄冬を共に歩む仲間たちに、別れの季節の春三月は、いつの年も巡って来る。

こんな学校生活の日常も、新型コロナウイルス禍の続く日々の中で、大きく変わってゆくことだろう。

（二〇二〇・一〇・一〇）

著者プロフィール

椎野　あすか（しいの　あすか）

1950年広島生まれ

44年間にわたり、中学校や中高一貫校の教育に携わる。

学び舎に風花は舞う

2021年４月15日　初版第１刷発行

著　者　椎野 あすか

発行者　瓜谷 綱延

発行所　株式会社文芸社

〒160-0022　東京都新宿区新宿1－10－1

電話　03-5369-3060（代表）

03-5369-2299（販売）

印刷所　図書印刷株式会社

ISBN978-4-286-22529-6